हम
होंगे
कामयाब

ज्ञान का दीप जलाए रखूँगा

'हे भारतीय युवक
ज्ञानी-विज्ञानी
मानवता के प्रेमी
संकीर्ण तुच्छ लक्ष्य
की लालसा पाप है।
मेरे सपने बड़े
मैं मेहनत करूँगा
मेरा देश महान् हो
धनवान् हो, गुणवान् हो
यह प्रेरणा का भाव अमूल्य है,
कहीं भी धरती पर,
उससे ऊपर या नीचे
दीप जलाए रखूँगा
जिससे मेरा देश महान् हो।'

—ए.पी.जे. अब्दुल कलाम

हम होंगे कामयाब

डॉ. ए.पी.जे. अब्दुल कलाम

प्रभात
पेपरबैक्स
www.prabhatbooks.com

प्रकाशक

प्रभात पेपरबैक्स

4/19 आसफ अली रोड, नई दिल्ली-110002

फोन : 23289555 • 23289666 • 23289777 ❖ फैक्स : 23253233

इ-मेल : prabhatbooks@gmail.com ❖ वेब ठिकाना : www.prabhatbooks.com

संस्करण

2020

अ.मा.पु.स. 978-93-5186-571-1

★

HUM HONGE KAMYAB

by Dr. A.P.J. Abdul Kalam

Published by **PRABHAT PAPERBACKS**
4/19 Asaf Ali Road, New Delhi-10002

ISBN 978-93-5186-571-1

साभार : श्री मनीश चौरे

आभार

मैं उन लाखों-करोड़ों बच्चों के प्रति अपना आभार व्यक्त करता हूँ, जो मुझे प्रतिदिन अपने कौतूहल तथा विकास की लालसा से प्रेरित करते रहे हैं। मेरी ओर से उन्हें असीम शुभकामनाएँ। साथ ही मेजर जनरल (सेवानिवृत्त़) आर. स्वामीनाथन भी धन्यवाद के पात्र हैं, जिन्होंने मुझे अपना बहुमूल्य सहयोग प्रदान किया।

अनुक्रम

बच्चों से

प्रत्येक बच्चा एक वैज्ञानिक है।

—डॉ. कलाम

करिश्मा चौधरी, *कक्षा-VIII, बॉम्बे कैंब्रिज, अंधेरी (प.), मुंबई*

? बढ़ती जनसंख्या और अन्य कई प्रकार की सामाजिक समस्याएँ, जो हमारे देश में किसी महामारी की तरह फैली हैं, उनके बारे में जागरूकता लाने के लिए हम छात्र क्या कर सकते हैं?

इसमें कोई दो राय नहीं कि हमारे देश के सामने बढ़ती जनसंख्या और अन्य कई सामाजिक समस्याएँ हैं। पर साथ ही हमें यह भी नहीं भूलना चाहिए कि पूरे विश्व में भारत ही एकमात्र ऐसा देश है, जहाँ 50 प्रतिशत से भी अधिक युवा शक्ति विद्यमान है, जो देश की आर्थिक प्रगति में प्रमुख योगदान दे रही है। यह भी देखने में आया है कि जहाँ कहीं भी महिला साक्षरता की दर अधिक है वहाँ यह साक्षरता बढ़ती जनसंख्या को नियंत्रित करने में कारगर सिद्ध हुई है। एक छात्र होने के नाते आप सब कम-से-कम ऐसी पाँच महिलाओं को शिक्षित करें, जो पढ़ना-लिखना नहीं जानतीं। साथ ही आप उन्हें समाज की उन प्रमुख समस्याओं से भी अवगत कराएँ, जिनसे आजकल की महिलाओं को दो-चार होना पड़ता है।

राशि एल्लॉत, *कक्षा-X, सेंट उरसुला गर्ल्स हाई स्कूल, नागपुर*

? भारत के राष्ट्रपति के रूप में ऐसे विरले ही लोग हुए हैं, जिन्हें वास्तव में बच्चों की चिंता है एवं उनसे प्यार है। क्या बाल-मजदूरी प्रथा को खत्म नहीं किया जा सकता और उन तमाम बच्चों के भविष्य को उज्ज्वल नहीं बनाया जा सकता?

कानूनन बाल-मजदूरी करवाना एक अपराध है। इस दशक के अंत तक हमें इसे जड़ से खत्म करने का हर संभव प्रयास करना चाहिए। भारतीय संसद् ने भी संविधान संशोधन अधिनियम 2002 के माध्यम से 6-14 वर्ष की आयु वर्ग के बच्चों के शिक्षा पाने के अधिकार को मौलिक अधिकार घोषित कर दिया है। यह बहुत जरूरी है कि बच्चे अभिभावकों को नशाखोरी की लत से मुक्त करवाने के लिए एक आंदोलन चलाएँ और प्रौढ़ शिक्षा कार्यक्रम के माध्यम से शिक्षित करने की व्यवस्था भी करें। ऐसी समस्या से तीन अलग-अलग तरीकों से निपटा जा सकता है—(क) बच्चा स्वयं अपनी पढ़ाई जारी रखने की इच्छा दिखाए; (ख) माता-पिता को शिक्षित करके और (ग) बच्चों से काम लेनेवाले मालिकों में आत्मनियंत्रण की प्रवृत्ति का विकास करके, ताकि वे उन बच्चों को अपने बच्चे जैसा ही समझें।

एम. प्रसन्ना, *अंतिम वर्ष सी.एस.ई., एम.जी.आर. एजुकेशनल एंड रिसर्च इंस्टीट्यूट, चेन्नई*

? वर्तमान में भ्रष्टाचार सार्वजनिक जीवन में लगभग सभी स्तरों पर व्याप्त है। छात्र-समुदाय सन् 2020 तक भारत को भ्रष्टाचार से मुक्त कराने के लिए क्या-क्या कर सकता है?

सार्वजनिक जीवन में भ्रष्टाचार उन्मूलन के लिए एक व्यापक आंदोलन की आवश्यकता है। यह आंदोलन अपने घर और विद्यालय से ही प्रारंभ करना होगा। भ्रष्टाचार उन्मूलन में मेरी दृष्टि में मात्र तीन प्रकार के लोग सहायक सिद्ध हो सकते हैं, वे हैं— माता, पिता और प्राथमिक विद्यालय के शिक्षक। यदि ये तीनों बच्चों को सच्चाई और ईमानदारी का पाठ पढ़ाते हैं तो इसके बाद जीवन में शायद ही कोई इनको डिगा पाए। अतः हर घर में इस तरह के आंदोलन की आवश्यकता है, जो सार्वजनिक जीवन में भ्रष्टाचार को खत्म कर सके। आप सब यह संकल्प लें कि आप सदैव ईमानदार एवं भ्रष्टाचार-मुक्त जीवन का निर्वाह करेंगे और दूसरों के समक्ष एक पारदर्शी जीवन जीने का आदर्श प्रस्तुत करेंगे।

धर्म मेहता, *कक्षा-IX, सेंट फ्रांसिस स्कूल, मुंबई*

बड़े सदैव बच्चों को कुछ-न-कुछ उपदेश देते रहते हैं। कुछ लोग कहते हैं कि हमें अनुशासित रहना चाहिए, तो कुछ का कहना है कि हमें खूब पढ़ाई करनी चाहिए, ईमानदार बनना चाहिए, कड़ी मेहनत करनी चाहिए आदि-आदि। हालाँकि इन सभी बातों का पालन करना महज़्वपूर्ण है, पर एक छात्र के लिए सबसे महज़्वपूर्ण गुण क्या है?

एक छात्र के लिए सबसे महज़्वपूर्ण गुण है—उसकी अपने प्रति ईमानदारी और दूसरों के प्रति संवेदनशीलता का भाव। ये गुण आपको निस्संदेह एक आदर्श नागरिक बनने में मदद करेंगे।

आनंद एन., *कक्षा-XII, अमृता विद्यालय, कोडुनगल्लूर*

एक छात्र के रूप में मैं विकसित भारत के आपके स्वप्न को साकार करने की दिशा में क्या कर सकता हूँ?

एक छात्र होने के नाते, आप जिस कक्षा में भी पढ़ते हों, उसमें आगे बढ़ने के लिए खूब परिश्रम करें। अपने जीवन में पहले एक लक्ष्य बनाएँ, फिर उसे प्राप्त करने के लिए आवश्यक ज्ञान और अनुभव प्राप्त करें। बाधाओं से लड़ते हुए उनपर विजय प्राप्त करें और निरंतर प्रयत्नशील रहते हुए उत्कृष्टता की ओर बढ़ें। जब कभी मुश्किलों से सामना हो तो उसे पराजित करते हुए सफल बनें। साथ ही नैतिक मूल्यों को भी ग्रहण करो। छात्रों को हमेशा उद्यमी बनने का प्रयत्न करना चाहिए। छुट्टी के दिनों में छात्र गरीब और सुविधाओं से वंचित बच्चों को पढ़ाने का काम करें और इसे अपने जीवन में एक उद्देश्य के रूप में लें। छात्र अधिकाधिक पौधारोपण करें, ताकि प्राकृतिक संतुलन बना रह सके। हमारे ये कार्य न केवल हम सबको, बल्कि हमारे राष्ट्र को भी एक साथ विकास और समृद्धि के पथ पर ले जाएँगे।

तुषार पहुरकर, *कक्षा-VI, विद्याकुंज हाई स्कूल, वडोदरा*

मैंने एक बार सुना था कि एक गरीब माँ ने अपने बच्चे को केवल दस रुपए में बेच डाला। क्या हम भारतीय बच्चों की यही कीमत है? यदि नहीं, तो एक भारतीय बच्चे की कीमत क्या है?

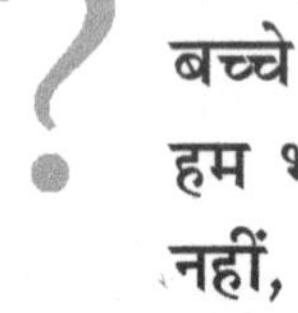

गरीबी एक प्रकार का अभिशाप है। हमारी हर संभव कोशिश इससे मुक्ति पाने की है। बच्चे किसी भी राष्ट्र की अमूल्य निधि होते हैं।

अमृता सातघरे, *कक्षा-VII, बॉम्बे कैंब्रिज, अंधेरी (पू.), मुंबई*

'प्रत्येक बच्चा एक वैज्ञानिक है।' इससे आपका क्या आशय है?

बच्चा स्वभावत: प्रत्येक चीज के बारे में जिज्ञासावश प्रश्न करता है, तर्क-वितर्क करता है। उसकी यही प्रवृत्ति उसे वैज्ञानिक बनाती है।

योगेश पटेल, *कक्षा-VII, केरला पीपुल एजुकेशन स्कूल, भावनगर*

आपके समय के बच्चों में और आजकल के बच्चों के गुणों में क्या अंतर है?

मुझे लगता है कि आजकल के बच्चे अपेक्षाकृत अधिक जिज्ञासु हैं और अपने कार्य का परिणाम शीघ्र चाहते हैं। वे अत्यंत महत्त्वाकांक्षी और अनेक प्रकार की इच्छाओं के मालिक हैं। आजकल के बच्चे अपेक्षाकृत ज्यादा बुद्धिमान् हैं, क्योंकि उन्हें अपने से पहले की पीढ़ियों द्वारा अर्जित ज्ञान का फायदा मिलता है।

ऋषि बगाडिया, *कक्षा-VII, डॉ. एस. राधाकृष्णन् विद्यालय, मलाड, मुंबई*

? हमारे माता-पिता तथा अध्यापक हमें टी.वी. एवं सिनेमा देखने से मना करते हैं। आपके विचार से क्या मीडिया हमारे लिए नुकसानदायक है?

मैंने अपने आस-पास ऐसे अनेक युवाओं को देखा है, जिन्हें शायद ही टी.वी. या इंटरनेट के लिए समय मिल पाता हो; पर यह सब किसी व्यक्ति के अपने मिशन पर निर्भर करता है। यदि आप अपनी पढ़ाई में उत्कृष्टता अर्जित करने में लगे हों तो मुझे नहीं लगता कि आपके पास टी.वी. देखने का समय होगा। एकाग्रचित छात्र को शायद इस प्रकार के आकर्षण विचलित नहीं करते।

राहुल खन्ना, *कक्षा-IX, बॉम्बे कैंब्रिज, अंधेरी (प.), मुंबई*

? एक छात्र के रूप में हम बड़ी सरलता से पाश्चात्य संस्कृति से प्रभावित हो जाते हैं और अपनी भारतीय संस्कृति को भूलने लगते हैं। हम अपने विद्यालयों में अपनी संस्कृति को जीवित रखने के लिए क्या कर सकते हैं?

शिक्षा के एक अभिन्न अंग के रूप में प्रत्येक सप्ताह स्कूल में एक घंटे की एक कक्षा आयोजित की जाए, जिसमें हम आदर्श व्यक्तित्व, अतीत एवं वर्तमान के बारे में और एक अच्छे व्यक्ति के निर्माण के लिए आवश्यक गुणों पर चर्चा करें। इस तरह की कक्षा 'युवाओं को सकारात्मक ऊर्जा प्रदान करेगी।' इस कक्षा में बुद्ध, कन्फ़्यूशियस, संत आगस्टाइन, खलीफा उमर, महात्मा गांधी, अब्राहम लिंकन जैसे व्यक्तित्वों, महान् वैज्ञानिकों एवं अन्यान्य महज़्वपूर्ण व्यक्तियों की चर्चा के साथ-साथ हमारी सज़्यतापरक महान् विरासत से जुड़ी नैतिक कथाएँ भी सुनाई जाएँ। निस्संदेह इससे हमारे छात्रों को अपनी महान् विरासत, उदाज़ परंपरा एवं समाज की सांस्कृतिक समृद्धि के बारे में जानने-समझने का अवसर मिलेगा। संस्कार घर, विद्यालय और समाज से ही सीखने होते हैं।

कुमारी स्नेहा जावलकर, *पी.यू.सी.-II बी, शरणबासवेश्वर कंपोजिट प्री-यूनिवर्सिटी कॉलेज, गुलबर्ग*

? आजकल की शिक्षा-व्यवस्था एक-आयामी, तनावपूर्ण तथा दोषपूर्ण है। यदि यह बच्चों के सर्वांगीण विकास को प्रभावित करती है तो राष्ट्र के विकास में छात्र योगदान करने योग्य कैसे बन पाएँगे?

हमारी शिक्षा-व्यवस्था को बहुआयामी होना चाहिए और उसे आदर्श नागरिकों के निर्माण में साधक बनना चाहिए; परंतु एक अच्छा शिक्षक शिक्षा-व्यवस्था में व्याप्त कमियों को दूर कर सकता है। एक योग्य शिक्षक ही गुणात्मक शिक्षा प्रदान कर सकता है। शिक्षक एक ऐसा समर्पित व्यक्ति होना चाहिए, जो अपने शिक्षण-कार्य तथा छात्रों से प्रेम करता हो। साथ ही उसे उन सभी चीजों की जानकारी भी होनी चाहिए, जो एक प्रभावी शिक्षण के लिए आवश्यक हो। शिक्षक का आत्मसम्मान ऊँचा हो और उसमें बच्चों की दृष्टि में एक आदर्श व्यक्ति बनने के सारे गुण विद्यमान हों। शिक्षकों को निष्पादन के आधार पर पुरस्कृत भी करते रहना चाहिए। इस तरह की योग्यता का निर्माण देशव्यापी स्तर पर शिक्षक-प्रशिक्षण कार्यक्रमों के द्वारा भी किया जा सकता है।

□

राष्ट्र सर्वोपरि

विश्व इतिहास में वर्णित प्रत्येक महान् तथा प्रभावशाली आंदोलन उत्साह या उमंग की उपलब्धि है। बिना इसके कोई भी महान् कार्य संभव नहीं हो पाता है।

—राल्फ वाल्डो इमर्सन (1803–82)

अमेरिकी दार्शनिक, कवि तथा निबंधकार

आशिका मेहता, *राजकुमार महाविद्यालय, राजकोट*

? आपकी दृष्टि में एक सज्य तथा उन्नत विश्व के प्रति भारत का सबसे बड़ा योगदान क्या है? मैं गांधीजी के अहिंसा-दर्शन के संबंध में कह रही हूँ।

जब मैं भारत के 2500 वर्ष पूर्व के इतिहास पर नजर डालता हूँ तो अपने समक्ष भारत के कोने-कोने में अपनी विजय पताका फहराए गर्व से सीना तानकर चलते सम्राट् अशोक को पाता हूँ। जब वे भारत के पूर्वी तट पर स्थित कलिंग, जो आजकल उड़ीसा के नाम से भी जाना जाता है, पहुँचे तो वहाँ एक भयंकर युद्ध छिड़ गया, जिसे 'कलिंग युद्ध' के नाम से जाना जाता है। देश के अन्य भागों की तरह ही सम्राट् अशोक की शक्तिशाली सेना वहाँ भी तब तक निरंतर लड़ती रही जब तक कलिंग के राजा और उनकी सेना ने अपनी पराजय नहीं स्वीकार कर ली। सम्राट् अशोक ने अत्यंत हर्ष से विजय की घोषणा की और कलिंग को अपने विशाल साम्राज्य में मिला लिया। उस दिन पूर्णिमा थी। सफलता उनकी अनुगामिनी थी। सम्राट् अशोक रणक्षेत्र के मध्य टहल रहे थे कि हठात् उनकी दृष्टि क्षत-विक्षत, खून से लथपथ उन सैकड़ों-हजारों मानवीय शरीरों पर ठिठक गई। वे चीख रहे थे, चिल्ला रहे थे। चीख-पुकार के कारण वहाँ का दृश्य हृदय-विदारक हो चला था। सहसा सम्राट् अशोक ने अपने आपको रोका और स्वयं से ही प्रश्न किया—'अरे ओ शक्तिशाली सम्राट्! यह आखिर तुमने क्या किया?' सोच की यह चिनगारी सम्राट् अशोक के मनोमस्तिष्क पर

छा गई। और तभी 'अहिंसा धर्म' नामक एक महान् सिद्धांत का जन्म हुआ। इसके बाद से ही उन्होंने अहिंसा का प्रचार करना आरंभ कर दिया। उनके अहिंसा धर्म की तमाम बातें शिलाओं व चट्टानों पर बड़ी ही स्पष्टता से उकेरी गई हैं। पिछली शताब्दी में महात्मा गांधी ने भारत के स्वतंत्रता आंदोलन में 'अहिंसा धर्म' को एक नया आयाम प्रदान किया।

मिथुन के., *द्वितीय वर्ष (बी लेवल) ए.आई.सी.टी., अमृतापुरी*

भारत को एक विकसित राष्ट्र बनाने में एक आदर्श राजनीतिज्ञ की क्या भूमिका होनी चाहिए?

एक जिज़्मेदार राजनीतिज्ञ दूरदर्शितापूर्ण नीतियाँ बनाता है। महात्मा गांधी ने निष्ठा के राजनीतिक सिद्धांत को सत्य, अहिंसा एवं निस्स्वार्थ भावना में ढालते हुए ब्रिटिश शासकों के विरुद्ध अपनी लड़ाई छेड़ी थी। वर्तमान राजनीतिज्ञों को अपने कठिन परिश्रम, उत्कृष्टता एवं पारदर्शी कार्यों से भारत को सन् 2020 से पहले एक समृद्ध एवं विकसित राष्ट्र के रूप में परिवर्तित करने के लिए मार्गदर्शन देने के साथ-साथ गरीबी-रेखा से नीचे रह रहे लगभग 26 करोड़ भारतीयों के उत्थान के लिए भी कार्य करना होगा।

कृष्ण कुमार, *प्रथम वर्ष (कंपनी सचिव), ए.आई.टी.ई.सी., अमृतापुरी*

? आपके नजरिए से राष्ट्र के विकास के लिए सर्वाधिक प्रेरक शक्ति क्या हो सकती है?

अपने राष्ट्र के विकास के लिए सर्वाधिक प्रेरक शक्ति तो हमारी यही भावना है कि 'हम यह कर सकते हैं'। जब हमारे पास 25 वर्ष से कम की आयुवाले 54 करोड़ युवा हैं तो फिर भला कौन हमें सन् 2020 तक एक विकसित राष्ट्र बनने से रोक पाएगा!

संदीप, *द्वितीय वर्ष (बी.टेक.) ए.आई.टी.ई.सी., बंगलौर*

? देश से प्रतिभा-पलायन रोकने के लिए क्या-क्या कदम उठाए जाने चाहिए?

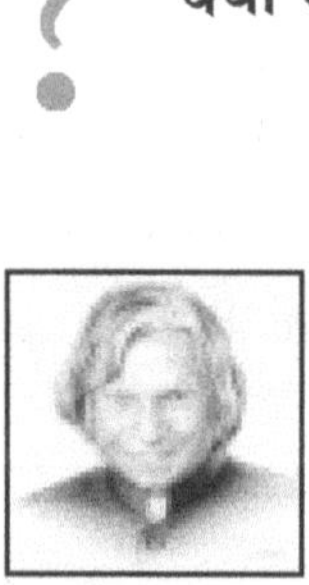

वर्तमान में लगभग 3 लाख इंजीनियर प्रतिवर्ष विश्वविद्यालयों एवं महाविद्यालयों से उपाधियाँ प्राप्त कर निकल रहे हैं। इसके अतिरिक्त मेडिकल के छात्रों सहित लगभग 1 लाख से भी अधिक छात्र प्रति वर्ष अन्य तकनीकी संस्थानों से पढ़कर निकल रहे हैं। ऐसा देश जहाँ इतनी बड़ी संज़्या में इंजीनियरिंग, मेडिकल

एवं ज्ञान के अन्य क्षेत्रों में छात्र उपाधियाँ प्राप्त कर निकल रहे हैं, वहाँ यदि उनमें से कुछ लोग भारत छोड़कर किसी अन्य देश में चले भी जाते हैं, तो इसमें चिंतित होने जैसी कोई बात नहीं है। वैसे ये लोग अपने परिवार और शिक्षा-संस्थानों से बखूबी जुड़े रहते हैं। उनका यह संपर्क निस्संदेह हमारे विकास में बहुमूल्य योगदान दे रहा है।

निकिता जोशी, *कदवीबाई वीरानी कन्या विद्यालय, राजकोट*

? स्वदेशी वस्तुओं के अधिकाधिक उपयोग के लिए क्या दिशा-निर्देश होने चाहिए?

भारतीय कंपनियों को चाहिए कि वे अंतरराष्ट्रीय स्तर पर प्रतिस्पर्धा कर सकनेवाले उत्पादों का निर्माण स्वदेश में करें एवं अपने देश के लोगों की माँग की आपूर्ति करें। तभी आम नागरिक भारतीय वस्तुओं को खरीदने में गर्व की भावना का अनुभव कर सकेंगे।

लक्ष्मी, *कक्षा-IX, केंद्रीय विद्यालय, हैदराबाद*

? स्वामी विवेकानंद भारतीय युवाओं की समस्याओं के प्रति अत्यंत गंभीर थे। उन्होंने अत्यंत कठोर शब्दों में कहा था कि 'हमें दास नहीं, सिंहों को जन्म देना होगा।' वर्तमान शिक्षा-व्यवस्था में किस तरह का परिवर्तन लाना चाहिए, ताकि युवाओं में सिंहोचित गुणों का आविर्भाव हो सके?

मेरे विचार से शिक्षा का तात्पर्य व्यक्ति विशेष में छिपी उसकी सृजनात्मकता को बाहर निकालना एवं उसको निखारना है। जब सृजनात्मकता और ईमानदारी परस्पर मिलेंगे तो ऐसे आदर्श नागरिकों का निर्माण होगा, जो अपने जीवन की हर चुनौती का बहादुरी से सामना कर सकेंगे।

साई प्रसन्न कुमार, *द्वितीय वर्ष (बी.टेक.), ए.आई.टी.ई.सी., बंगलौर*

? बिल गेट्स जैसे लोग जब एड्स रोग से लड़ने के लिए भारत को दान देते हैं तो आपको कैसा लगता है? क्या आपको इस बात से खुशी मिलती है कि वे इस रोग से लड़ने में हमारी सहायता कर रहे हैं या फिर यह सोचकर दुःख होता है कि हम ऐसी स्थिति में कुछ भी कर पाने में असमर्थ हैं?

ऐसा नहीं है कि एड्स रोग केवल भारत में ही फैला हुआ है। अन्य अनेक देश इस रोग से त्रस्त हैं। इस रोग पर चल रहे अनुसंधान कार्य वस्तुतः असरदार, किंतु देश विशेष की सीमाओं से परे हों। जो व्यक्ति मानव जाति के कल्याण के प्रति अपना सरोकार रखता है, उसे इस विपदा को रोकने के लिए यथासंभव प्रयास अवश्य करने चाहिए। अन्य देशों के साथ भारत भी इस गंभीर रोग से मुक्ति के लिए इसके टीके के विकास कार्य में लगा हुआ है।

जयंती, अर्चना, विजयलक्ष्मी, गीता, *तृतीय वर्ष (बी.आर्क.)*
एम.जी.आर. एजुकेशनल एंड रिसर्च इंस्टीट्यूट, चेन्नई

? ग्रामीण क्षेत्रों में शहरी सुविधाएँ (पुरा) उपलब्ध करवाना। इस (पुरा) योजना के अंतर्गत लोगों को अधिकाधिक सुविधा उपलब्ध कराने के लिए हम इसमें अपना सार्थक योगदान कैसे प्रदान कर सकते हैं?

पहले तो आप लोगों को खूब मन लगाकर अपनी पढ़ाई करनी चाहिए, उसमें श्रेष्ठता अर्जित करनी चाहिए। पुनः शिक्षा के एक अंग के रूप में स्वयं में उद्यमशीलता के विभिन्न कौशलों का विकास करना चाहिए। आप लोगों को अभी से ही स्वयं यह विचार आरंभ कर देना चाहिए कि अपनी-अपनी पसंद के गाँवों के एक समूह में जाकर आप किस प्रकार का उद्योग लगा सकते हैं या फिर

कैसे अपनी सेवा प्रदान कर सकते हैं, ताकि अधिक-से-अधिक लोगों को रोजगार के अवसरों के साथ-साथ मूल्य-संवर्धित उत्पाद भी उपलज़्ध हो सकें। निस्संदेह इससे 'पुरा' योजना पर आधारित उद्योग-धंधे विकसित हो सकेंगे और सज़ी ग्रामीण लोग आत्मनिर्भर बन सकेंगे।

सी. नंदिता सूबी, *तृतीय वर्ष (ई.सी.ई.ए. अनुभाग), एम.जी.आर. एजुकेशनल एंड रिसर्च इंस्टीट्यूट, चेन्नई*

? आपके अनुसार विजन 2020 के लक्ष्य की प्राप्ति हेतु, विशेषकर रक्षा के क्षेत्र में, महिलाओं की क्या भूमिका हो सकती है?

विजन 2020 में रक्षा अनुप्रयोग के क्षेत्र की महज़्वपूर्ण प्रौद्योगिकियों के विकास पर विचार किया गया है। राष्ट्रीय सुरक्षा की बात भी विजन 2020 का एक अभिन्न अंग है। जैसा कि आप जानते ही होंगे कि सशस्त्र सेना में नियुक्ति के लिए पुरुष और महिला के आधार पर कोई भेदभाव नहीं किया जाता। थल, जल एवं वायु—इन तीनों सेनाओं में पहले से ही पर्याप्त संज़्या में महिला अधिकारी नियुक्त हैं। इसके अतिरिक्त राष्ट्रीय रक्षा क्षमताओं में वृद्धि के लिए महिलाएँ उच्च स्तरीय सामरिक सेना बहुगुणक उपकरणों पर कार्य करके भी अपना सहयोग दे सकती हैं।

जावेद हाई स्कूल, हैदराबाद

? किस मापदंड के आधार पर यह कहा जा सकता है कि हम विकसित हैं?

भारत की जनसंज़्या 1 अरब से अधिक है। हमें गरीबी रेखा के नीचे रह रहे उन 26 करोड़ लोगों के उत्थान की गंभीर चुनौती का सामना करना पड़ रहा है। उन्हें रहने के लिए घर, खाने के लिए भोजन, अच्छी स्वास्थ्य सुविधाएँ तथा शिक्षा और रोजगार के अवसर उपलज़्ध कराने की आवश्यकता है, ताकि वे भी खुशहाल जिंदगी बसर कर सकें। एक खुशहाल जिंदगी से आशय यह है कि उन्हें पर्याप्त मात्रा में पानी और ऊर्जा प्राप्त होती रहे। हमारे देश के 1 अरब लोगों के चेहरों पर मुसकान दिखे। एक विकसित भारत कहने का यही मापदंड है।

समरेंद्र शर्मा, *छज़्ीसगढ़*

? नवनिर्मित राज्य छज़्ीसगढ़ के बारे में आपकी क्या धारणा है? यहाँ विकास को गति देने के संदर्भ में क्या प्रयत्न किए जा सकते हैं?

छत्तीसगढ़ प्राकृतिक संसाधनों, यथा—खनिज, वन, जल-संपदा और विद्युत् उत्पादन की क्षमता से परिपूर्ण राज्य है, साथ ही यहाँ के लोग भी अत्यंत कर्मठ हैं। इन विशिष्टताओं के साथ यदि छत्तीसगढ़ राज्य एक दस वर्षीय विकास योजना के साथ आगे बढ़े तो वह निश्चय ही एक समृद्ध राज्य बन सकता है। वर्तमान में छत्तीसगढ़ राज्य में जैव-डीजल के लिए जट्रोफा नामक पौधे की खेती बृहत् पैमाने पर शुरू की गई है, जो आनेवाले समय में धर्नाजन का स्रोत बनेगी।

अखिलेश एम., *द्वितीय वर्ष (बी.टेक.)*

? आपने समृद्ध और सशक्त भारत को लेकर अपनी दृष्टि एवं स्वप्न की चर्चा की है तथा उसपर लिखा ज़ी है। आपके इस दृष्टिकोण पर समाज के विभिन्न वर्गों द्वारा कैसी प्रतिक्रिया हुई?

मैंने देश के प्राय: सभी राज्यों का दौरा किया है और वहाँ विभिन्न वर्गों के लोगों से मिला भी हूँ। राजनीतिक व्यवस्था अपने-अपने राज्य को एक विकसित राज्य के रूप में परिवर्तित करने के अपने उद्देश्य को साकार करने की दिशा में चल पड़ी है। साथ ही मैंने यह भी देखा है कि युवा वर्ग, चाहे वह किसी भी प्रांत का हो, एक समृद्ध भारत का नागरिक बनना चाहता है, इसलिए उन लोगों ने व्यक्तिगत और सामूहिक दोनों ही रूपों में अपना एक आंदोलन

शुरू कर दिया है। गैर-सरकारी संस्थाएँ भी इन विकासात्मक कार्यों में खुलकर सहयोग कर रही हैं। अब समाज का प्रत्येक वर्ग विकास की बात करने लगा है, जो एक सुखद संकेत है।

दिग्विजय, *कक्षा-VI, लाल मणि विकास भारती, मुंगेर*

? आपकी दृष्टि से विकसित भारत के बारे में एक आम नागरिक की क्या भूमिका होनी चाहिए?

एक नागरिक उन लोगों को पढ़ा सकता है, जो कि लिखना-पढ़ना नहीं जानते। अधिकाधिक पौधारोपण करे और उनकी देखभाल करे। वह जहाँ कहीं भी रहता हो वहाँ की और अपने आस-पास की सफाई एवं स्वच्छता का ध्यान रखे। साथ ही अपने आस-पास चल रही गतिविधियों पर पूरी नजर रखे।

सी. सारण्य, *कक्षा-VIII, मदुरै*

? विजन 2020 कहाँ तक सफल हो सकेगा?

विजन 2020 की ओर हमारी यात्रा पहले ही आरंभ हो चुकी है। आम नागरिक और सरकार दोनों के समेकित प्रयासों से इस दृष्टि को साकार किया जा सकेगा। यह इस बात पर निर्भर करता है कि देश का प्रत्येक नागरिक इस दिशा में अपनी कितनी शक्ति लगाता है!

चिराग जैन, *कक्षा-VII, बॉम्बे कैंब्रिज, अंधेरी (प.), मुंबई*

? वह कौन सी बड़ी चुनौती है, जिसका सामना हमें आज करना पड़ रहा है?

भारत को सन् 2020 तक एक विकसित राष्ट्र के रूप में परिवर्तित करना और देश के 1 अरब से अधिक नागरिकों के चेहरों पर मुसकान देखना, यही इस समय अपने राष्ट्र के समक्ष सबसे बड़ी चुनौती है।

सुलती सिंह, *कक्षा-IX, विवेक विद्यालय, गोरेगाँव, मुंबई*

? अपने देश की महिलाओं की मर्यादा एवं सम्मान की रक्षा के लिए क्या-क्या प्रभावी कदम उठाए जा रहे हैं?

महिलाएँ जीवन के सभी क्षेत्रों, यहाँ तक कि पुलिस और सशस्त्र सेनाओं, में भी सहभागी हैं। संस्कार घर एवं स्कूल में ही आत्मसात् किए जाते हैं। समाज में महिलाओं को सम्मानजनक स्थिति दिलाने के लिए स्वर्णिम त्रिकोण माने जानेवाले माता-पिता, शिक्षकों और छात्रों को इसके लिए गंभीर प्रयास करने होंगे। हम स्त्री-शिक्षा को बढ़ावा देने के साथ-साथ स्त्री-पुरुष की समानता की भावना का प्रचार-प्रसार करने की कोशिश भी कर रहे हैं।

आर. प्रियदर्शिनी, *कक्षा-IX, भारतीय विद्या भवन, कोयंबटूर*

? यदि पाकिस्तान भारत पर परमाणु आक्रमण की घोषणा कर दे तो इसपर आपकी पहली प्रतिक्रिया क्या होगी?

भारत अपने और अपने सभी पड़ोसियों के लिए समृद्धि, शांति और खुशहाली की कामना करता है। भारत की स्वयं की एक परमाणु नीति भी है, जो इसके पहले प्रयोग का निषेध करती है। कहने का तात्पर्य यह है कि आक्रमण किए जाने की स्थिति में भारत अपने दुश्मनों को मुँह-तोड़ जवाब देने में सक्षम है।

शमीन, *एम.वी. ड्यूलेशिया एवं जे.एच.सी. ट्रस्ट स्कूल, राजकोट*

? अपने देश में लोगों को बहुत छुट्टियाँ मिलती हैं, यहाँ छोटे-छोटे मुद्दों पर हड़ताल की जाती हैं। इससे देश की शिक्षा तथा अर्थव्यवस्था पर प्रतिकूल प्रभाव पड़ता है। इन स्थितियों से निबटने के लिए क्या-क्या कदम उठाए जा सकते हैं?

इस समय हमें एक रचनात्मक नेतृत्व की आवश्यकता है, जो अपने उद्यम या व्यवसाय में अपने कर्मचारियों को सक्रिय भागीदार बनाए। रचनात्मक नेतृत्व परंपरागत भूमिकाओं को बदलने का कार्य करता है, जो नियंत्रक से प्रशिक्षक, व्यवस्थापक से सलाहकार, निदेशक से प्रतिनिधि तथा सज़्मान के आकांक्षी को आत्म-सज़्मान दिलाने में सहायक हो। साथ ही किसी व्यक्ति या समूह को यह बात भी समझनी चाहिए कि राष्ट्रहित सबसे ऊपर है।

राजा ब्रह्मभट्ट, *कक्षा-VI, ब्राइट हाई स्कूल, वडोदरा*

? देश के भविष्य के लिए आपकी क्या योजनाएँ हैं?

26 करोड़ लोगों को गरीबी से मुक्त कराना, उनके चेहरों पर मुसकान देखना और भारत को पूर्णतः एक विकसित राष्ट्र बनाना हमारा सबसे पहला मिशन है।

तरुण पटेल, *कक्षा-VIII, स्वामीनारायण इंडिपेंडेंट स्कूल, लंदन*

? भारत के प्रति आपके मन में अगाध प्रेम है। हम जैसे प्रवासी भारतीय भी अपनी मातृभूमि के प्रति गर्व की भावना को कैसे विकसित करें?

भारतीय मूल का कोई भी व्यक्ति एक वृहद् भारतीय परिवार का अंग है और उसे हमारे देश की सांस्कृतिक विरासत पर गर्व है। सौभाग्य से आप लोग ऐसी स्थिति में हैं कि अपनी मातृभूमि से अच्छी तरह से जुड़े हुए हैं और यही आपके लिए गौरव की बात है।

अर्श पटेल, *कक्षा-V, चंदूलाल विद्या मंदिर, मुंबई*

? ज़ारत में इतना भ्रष्टाचार क्यों व्याप्त है? इसे रोकने के लिए आखिर क्या किया जा सकता है? हम छात्र भ्रष्टाचार उन्मूलन में क्या मदद कर सकते हैं?

एक आदर्श नागरिक बनने की शिक्षा घर से ही मिलती है और यदि ऐसा नहीं होता तो जैसा कि हम देख रहे हैं, विकट परिस्थितियाँ उठ खड़ी होने लगती हैं। सार्वजनिक जीवन में भ्रष्टाचार उन्मूलन हेतु व्यापक आंदोलन की आवश्यकता है तथा इस तरह के

आंदोलन का प्रारंभ घर तथा स्कूल से ही करना होगा। मात्र तीन प्रकार के लोग भ्रष्टाचार उन्मूलन में सहायक सिद्ध हो सकते हैं—माता, पिता और प्राथमिक विद्यालय के शिक्षक। यदि वे बच्चों के मस्तिष्क में ईमानदारी और उसके महज़्व की बात बिठा दें तो जीवन-पर्यंत कोई भी आपके विचारों को बदल नहीं सकता है। अत: हमें इस प्रकार के आंदोलन की आवश्यकता है। यदि आपको कभी लगे कि आपके घर में ऐसा कुछ गलत हो रहा है तो अपने माता-पिता को ईमानदारी का जीवन व्यतीत करने के लिए राजी कर सकते हैं।

अर्श मेहता, *कक्षा-XII, तेजस हाई स्कूल, वडोदरा*

? आपको ऐसा क्यों लगता है कि सन् 2020 तक भारत एक विकसित राष्ट्र बन जाएगा?

भारत की जनसंज़्या 1 अरब से अधिक है। इसमें 54 करोड़ लोग 25 वर्ष से कम आयु के हैं। ये हमारी राष्ट्रीय शक्ति हैं। भारत को सन् 2020 तक एक विकसित राष्ट्र में परिवर्तित करने के लिए हमारे पास प्रचुर प्राकृतिक संसाधनों के साथ एक सुनियोजित खाका भी उपलज़्ध है। इसमें कृषि तथा कृषि प्रसंस्करण के पाँच क्षेत्र—शिक्षा, स्वास्थ्य सेवा, आधारिक संरचना—जिसमें ऊर्जा-उत्पादन सहित सूचना तथा संचार प्रौद्योगिकी, सामरिक प्रणाली और जटिल प्रौद्योगिकियों के क्षेत्र में सामूहिक प्रयास भी सज़्मिलित हैं। 54 करोड़ युवाओं के विचारों की एकता निश्चय ही भारत को एक विकसित राष्ट्र में परिवर्तित कर सकने में सफल होगी।

सुमन, *कक्षा-IX, डी.ए.वी. जवाहर विद्या मंदिर, राँची*

? झारखंड राज्य वैसे तो खनिज एवं वन-संपदा की दृष्टि से पर्याप्त समृद्ध है, परंतु यहाँ के लोग अत्यंत गरीब और बेरोजगार हैं। इस समस्या का आखिर क्या समाधान हो सकता है?

ग्रामीण क्षेत्र में शहरी सुविधाओं की उपलब्धता (पुरा) योजना के अंतर्गत यहाँ उद्योग-धंधे तथा रोजगार के अवसर उपलब्ध हो सकेंगे। साथ ही यहाँ की राज्य सरकार भी गरीबी उन्मूलन के लिए अपना एक नजरिया बना रही है। वैसे यहाँ उपलब्ध खनिज-संपदाओं को यदि मूल्य-संवर्धित उत्पादों में बदल दिया जाए तो इससे धनार्जन एवं रोजगार के अवसर प्राप्त करने में अत्यंत सहायता मिलेगी।

रोहित चतुर्वेदी, *कक्षा-XI, इस्लामिया इंटर कॉलेज, इटावा*

? आप कहते हैं कि भारत सन् 2020 तक एक विकसित राष्ट्र बन जाएगा; परंतु निरंतर बढ़ती जनसंख्या और बेरोजगारी के कारण क्या यह संभव हो पाएगा?

विकास स्वयं जनसंज़्या वृद्धि को रोकने की एक अचूक औषधि है। विकास में जन-शिक्षा विशेषकर स्त्री-शिक्षा की बात भी सज़्मिलित है। इससे 'छोटा परिवार : सुखी परिवार' की मान्यता को बल मिलता है। भारत 2020 का मिशन यहाँ के युवाओं को रोजगार के पर्याप्त अवसर उपलज़्ध कराएगा। शहरी सुविधाओं की उपलज़्धता से ग्रामीण क्षेत्रों में बड़ी संज़्या में उद्योग-धंधे स्थापित किए जाएँगे, जिससे उन क्षेत्रों में रोजगार के प्रचुर अवसर पैदा होंगे।

सोउमावो सिंह, *कक्षा-XI, कोलकाता*

? भारत में व्याप्त बेरोजगारी की समस्या के समाधान के लिए आपके क्या सुझाव हैं?

सर्वप्रथम शिक्षा-प्रणाली को उद्योग-धंधों के महज़्व पर बल देना होगा। छात्रों को उनके कॉलेज के दिनों से ही उद्योग-धंधे लगाने के लिए तैयार किया जाए। इससे उनमें रचनात्मकता के साथ-साथ स्वतंत्रता एवं धनार्जन की क्षमता का विकास होगा। कौशलों में विविधता एवं कार्य में संलग्नता व्यक्ति को उद्यमी बनाते हैं। इसकी शिक्षा प्रत्येक छात्र को दी जानी चाहिए। इसके अतिरिक्त महाविद्यालय के पाठ्यक्रमों—यहाँ तक कि कला, विज्ञान एवं वाणिज्य विषयों के पाठ्यक्रमों—में भी जहाँ इस तरह की उद्यमशीलता की चर्चा संभव हो, इस आशय के पाठ तथा प्रायोगिक कार्यों को

सज़्मिलित कर लिया जाए। दूसरा, बैंकों को भी उद्यमियों के लिए ग्राम स्तर पर भी उद्योग-धंधे लगाने के लिए, कुछ जोखिम उठाकर ही सही, उद्योगों पर पूँजी उपलज़्ध करानी चाहिए। बैंकों को अपनी परंपरागत 'मूर्त संपदा संलक्षण' (Tangible asset syndrome) से स्वयं को मुक्त करते हुए नए ढंग के उत्पादों के निर्माणकर्ता युवा उद्यमियों को पूँजी निर्माण हेतु सक्षम बनाते हुए उन्हें सहायता करने की दिशा में बढ़-चढ़कर हिस्सा लेना चाहिए।

इसमें कोई संदेह नहीं कि ऐसा करने से कुछ हद तक जोखिम की संभावना अवश्य बनती है; पर इसका निदान एक सफल साहसिक पूँजी उद्यम के चिंतन-विश्लेषण के माध्यम से ही संभव हो सकता है। तीसरी बात यह कि एक प्रकार के आर्थिक आकर्षण की भी आवश्यकता है। उदाहरण के लिए, बाजार में उतारने योग्य उत्पादों के निर्माण के साथ ही लोगों में पर्याप्त मात्रा में क्रय-शक्ति का विकास भी हो। इस तरह के उद्देश्य की पूर्ति कई बड़ी-बड़ी योजनाओं, यथा—ग्रामीण क्षेत्रों में शहरी सुविधाएँ (पुरा) हेतु कार्यक्रम, नदियों को एक-दूसरे से जोड़ने का कार्य, बुनियादी ढाँचे के विकास की योजना, बिजली उत्पादन तथा पर्यटन को बढ़ावा देनेवाले कार्यक्रम को कार्यान्वित कर की जा सकती है। शैक्षिक संस्थान, सरकारी एवं निजी उद्यम बैंकिंग तथा विपणन व्यवस्था की सहायता से इस तरह की उद्यमशीलता को बढ़ावा देने हेतु कार्य करें। उद्यमशीलता को बढ़ावा देने से बेरोजगारी की समस्या को काफी हद तक दूर किया जा सकता है।

सत्यम्, *कक्षा-X, जिला स्कूल, मुंगेर*

? **जो भी बच्चे आपसे मिलते हैं, वे कहते हैं कि वे एक प्रसिद्ध वैज्ञानिक, इंजीनियर, डॉक्टर आदि बनना चाहते हैं; पर किसान, मजदूर और कलाकार भी किसी राष्ट्र के लिए उतने ही महज़्वपूर्ण हैं। हम ऐसे ही परिवारों से आते हैं। हमारे लिए आपका क्या संदेश है?**

किसान, मजदूर और कलाकार/दस्तकार—ये सभी हमारे राष्ट्र के अभिन्न अंग हैं और राष्ट्र के निर्माण में हमें उन सभी की सेवाओं की समान रूप से आवश्यकता है। आप सभी को चाहिए कि अपने-अपने क्षेत्रों में खूब उन्नति करें। मेरा तो आरंभ से ही यही सुझाव रहा है कि अपने-अपने कार्यक्षेत्रों को और अधिक उत्पादक बनाने के लिए प्रौद्योगिकी की भी सहायता लें। यद्यपि इसे कई स्थानों पर उपयोग में लाया भी जा रहा है, तथापि इसे देश के सभी क्षेत्रों में अपनी पैठ बनानी होगी।

ऋषि पटेल, *कक्षा-VIII, केंद्रीय विद्यालय, राजकोट*

? **आतंकवाद का अंत कैसे हो सकता है?**

आतंकवाद एक ऐसा अभिशाप है, जिससे विश्व के अनेक देश प्रभावित हैं। आतंकवाद समाप्त करने के लिए हमें समाज के विभिन्न वर्गों, विशेषकर युवाओं, के मध्य व्याप्त विविध प्रकार की विषमताओं को कम करने की दिशा में कार्य करना होगा। साथ ही विभिन्न समुदायों के सभी सदस्यों के लिए रोजगारोन्मुखी नैतिक मूल्य आधारित शिक्षा उपलब्ध कराने का भी एक लक्ष्य बनाना होगा। धर्म को अध्यात्म में परिवर्तित करना होगा। हम समग्र देश को विकसित करने का अपना लक्ष्य बनाएँ, ताकि भूख तथा अकाल की स्थिति स्वतः लुप्त हो जाए। इन कार्यों से सौहार्दपूर्ण सामाजिक वातावरण का निर्माण होगा, जिससे हम शांतिपूर्ण सह–अस्तित्व की ओर अग्रसर हो सकेंगे।

मकवाना आशीष, *श्रीमती एस. के. पाठक विद्या मंदिर, राजकोट*

? अपने देश में सांप्रदायिक सौहार्द के वातावरण का निर्माण कैसे किया जा सकता है?

घृणा का परित्याग करें, यह एक महत्त्वपूर्ण एवं मूल्यपरक शिक्षा है, जो देश के सभी स्कूलों में दी जानी चाहिए। सहिष्णुता की भावना ही सौहार्द–भाव को जन्म देती है। हम घर और स्कूल में धर्म तथा भाषाओं की विविधता के मध्य एकता की भावना का सूत्रपात करें। राष्ट्र किसी व्यक्ति, धर्म और संस्था से बढ़कर होता है। यदि हम इन बातों को ध्यान में रखकर एकजुट होकर कार्य करें तो निस्संदेह हम सब में आपसी एकता बनी रहेगी।

? महानगरों तथा नगरों की तरह गाँवों में स्वास्थ्य सेवाएँ आसानी से उपलब्ध नहीं होतीं। गाँवों में रहनेवाले लोगों को अपनी चिकित्सा हेतु या तो लखनऊ जाना पड़ता है या फिर दिल्ली। आपके सैफई आगमन से यह आशा जगी है कि अब हमें भविष्य में इलाज के लिए लखनऊ या दिल्ली नहीं जाना पड़ेगा। स्वास्थ्य सेवाएँ भविष्य में गाँवों में ही उपलब्ध हो जाया करेंगी। हम लोग यह जानना चाहते हैं कि ये बातें आपके लिए क्या महत्त्व रखती हैं?

दूर-चिकित्सा सुविधा के माध्यम से प्रमुख शहरों के बड़े-बड़े अस्पतालों और प्रमुख मेडिकल कॉलेजों से जुड़ने से अब गाँव के लोग अपने क्षेत्रों में ही अच्छी स्वास्थ्य सुविधाओं का लाभ उठा सकेंगे। 'पुरा' योजना के अंतर्गत भौतिक, इलेक्ट्रॉनिक और आध्यात्मिक ज्ञान के माध्यम से अब गाँवों में शिक्षा, स्वास्थ्य सेवाएँ और रोजगार की संभावनाओं का मार्ग प्रशस्त हुआ है।

तेजस सावंत, *कक्षा-IX, बॉम्बे कैंब्रिज, अंधेरी, मुंबई*

? देश में रोजगार-वृद्धि के लिए आप क्या प्रयास कर रहे हैं? भारत के राष्ट्रपति के रूप में देश के नागरिकों के प्रति आपकी क्या अपेक्षाएँ या संदेश हैं? एक सामान्य नागरिक के जीवन और एक राष्ट्रपति के रूप में जीवन को आप परस्पर कैसे जोड़ते हैं?

तुम्हारे इस प्रश्न का उत्तर मैं दो भागों में देना चाहूँगा। प्रथम तो यह कि विकसित भारत की संकल्पना से तात्पर्य है कि भारत को एक समृद्धिशाली राष्ट्र बनाना और साथ ही इस संकल्पना के लक्ष्य की प्राप्ति के लिए चलाए जा रहे मिशन से रोजगार की प्रचुर संभावनाओं का सृजन होगा। युवाओं के प्रति मेरा संदेश 10 सूत्री शपथ के रूप में है, जो अकसर मैं स्वयं दिलाता हूँ। ये शपथ इस प्रकार से हैं—

- मैं अपनी शिक्षा अथवा अपना कर्म पूर्ण निष्ठा के साथ संपन्न करूँगा और उसमें उत्कृष्टता हासिल करूँगा।
- अब से मैं ऐसे 10 निरक्षर लोगों को लिखना-पढ़ना सिखाऊँगा।
- मैं अपने जीवन में कम-से-कम 10 पौधे अवश्य लगाऊँगा और उनकी सर्वदा देखभाल करता रहूँगा।
- मैं ग्रामीण और शहरी क्षेत्रों में जाऊँगा और कम-से-कम 5 लोगों को स्थायी रूप से जुए एवं नशे के व्यसन से मुक्ति दिलाऊँगा।

- मैं सर्वदा अपने साथियों व भाइयों के दुःख-दर्द को दूर करने की चेष्टा करूँगा।
- मैं किसी भी धर्म, जाति अथवा भाषा विशेष का समर्थन नहीं करूँगा।
- मैं सर्वदा ईमानदार रहूँगा और एक भ्रष्टाचार-मुक्त समाज के निर्माण के लिए प्रयास करता रहूँगा।
- मैं स्वयं एक आदर्श नागरिक बनूँगा तथा अपने परिवार को न्याय-परायण बनाऊँगा।
- मैं सर्वदा मानसिक एवं शारीरिक दृष्टि से विकलांगों के प्रति मित्रवत् व्यवहार करूँगा तथा निरंतर प्रयास करूँगा कि वे लोग भी एक सामान्य नागरिक के समान ही सहजता और सरलता का अनुभव करें।
- मैं अपने देश तथा देश के लोगों की समृद्धि और सफलता को अत्यंत गर्व से एक पर्व के रूप में मनाऊँगा।

प्रश्न के द्वितीय खंड के उत्तर में मैं स्वयं को सर्वदा एक सामान्य नागरिक मानता रहा हूँ और यहाँ तक पहुँचने के बाद भी मेरे रहन-सहन में कोई परिवर्तन नहीं आया है, यह पहले जैसा ही है।

□

तमसो मा ज्योतिर्गमय

शिक्षा का उद्देश्य युवाओं को कुछ इस प्रकार से ढालना है कि वे आजीवन स्वतंत्र शिक्षार्थी बने रहें।

—डॉ. कलाम

सरयू मकर, *कक्षा-V, वाल्मीकि नगर हिंदी माध्यमिक शाला, नागपुर*

बाल्यावस्था में हमें किस भाषा को प्रमुखता देनी चाहिए—अंग्रेजी या फिर अपनी मातृभाषा को? व्यवहारतः अंग्रेजी जीविका प्रदान करती है और मातृभाषा हमें सुख-संतोष प्रदान करती है।

मैंने स्वयं माध्यमिक शिक्षा तक की पढ़ाई अपनी मातृभाषा के माध्यम से पूरी की है। कॉलेज और उससे आगे की शिक्षा अंग्रेजी माध्यम की संस्थाओं में हुई। मेरा मानना है कि हम कॉलेज में भी माध्यम के रूप में मातृभाषा का चुनाव कर सकते हैं। यह युवाओं की सोच के साथ सन्निकटता स्थापित करती है। पर इसमें कोई दो राय नहीं कि वैश्विक स्तर पर संपर्क के लिए हमें अंग्रेजी जैसी एक संपर्क-भाषा की नितांत आवश्यकता है।

एस. विजय आनंद, *अंतिम वर्ष (सी.एस.ई.), एम.जी.आर. एजुकेशनल एंड रिसर्च इंस्टीट्यूट, चेन्नई*

विजन 2020 को सफल बनाने के लिए क्या भारत की शिक्षा-प्रणाली स्तरीय है?

मेरा मानना है कि हमें नैतिक व्यवस्थावाली एक ऐसी शिक्षा की आवश्यकता है, जो विज्ञान, कला, विधि, साहित्य तथा राजनीति आदि

विभिन्न क्षेत्रों में अग्रणी रहे हमारे महान् नेताओं के अनुभव बखान करती हो। प्राथमिक शिक्षा के पाठ्यक्रम में बच्चों में रचनात्मकता लाने का प्रयास किया जाए। परंतु ऐसा करते समय इन पाठ्यक्रमों की समीक्षा करना भी आवश्यक है, ताकि बच्चों के बस्तों का बोझ कुछ कम हो सके तथा उनकी रचनात्मकता भली-भाँति निखर सके। उच्च शिक्षा के पाठ्यक्रम व्यक्ति को एक स्वतंत्र शिक्षार्थी बनाने में सहायक हो। निष्कर्षतः हमारी शिक्षा-व्यवस्था कुछ ऐसी हो जिससे व्यक्ति विशेष में रचनाशीलता, नवीनता, नैतिकता तथा उद्यमशीलता के कौशलों का विकास हो सके।

धर्म मेहता, *कक्षा-IX, सेंट फ्रांसिस स्कूल, मुंबई*

? अपने देश में शिक्षा की अच्छी-खासी डिग्री होने के बावजूद नौकरी मिल पाना कठिन क्यों है? क्या पढ़ना-लिखना उचित है?

यहाँ समस्या इस बात को लेकर शुरू होती है कि लोग सोचते हैं कि शिक्षा का उद्देश्य सरकारी नौकरी पाना है। जबकि हमें यह समझना चाहिए कि इसका उद्देश्य व्यक्ति विशेष को आर्थिक दृष्टि से एक आरामदायक जीवन प्रदान करना है। इस मान्यता में व्यक्ति विशेष को उद्यमी बनने के लिए अपेक्षित योग्यता एवं विश्वास प्रदान करने की बात भी सम्मिलित है।

जैसा कि हम सभी जानते हैं कि नौकरियों की संज़्या सीमित है, अतः इसमें प्रतिस्पर्धा अधिक है। प्रतियोगी परीक्षाओं में सफल होने के लिए कठिन परिश्रम की आवश्यकता है। यदि आप नियमित

रूप से कठिन परिश्रम करते हैं तो नौकरी निश्चय ही मिल जाएगी।

अन्यथा आप एक उद्यमी बनने हेतु आवश्यक दक्षता प्राप्त करें। तब नौकरी ढूँढ़ने के विपरीत आप स्वयं दूसरों को नौकरी देने के योग्य बन जाएँगे; पर ध्यान रहे कि रोजगार और उद्यमशीलता दोनों के लिए शिक्षा परम आवश्यक है। अब एक ऐसी व्यवस्था पनप रही है, जिससे शिक्षा-व्यवस्था के अंतर्गत ही उद्यमशीलता तथा रोजगार की संभावनाओं का निर्माण हो सकेगा।

नवनीता दाश, *कक्षा-IX, ज्यूनिसिपल गर्ल्स हाई स्कूल, भुवनेश्वर*

आप पहले एक प्राध्यापक थे। एक आदर्श शिक्षक को अपने देश की सेवा किस प्रकार करनी चाहिए?

एक आदर्श शिक्षक को चाहिए कि वह अपने छात्रों तथा शिक्षण कार्य दोनों से प्रेम करे। किसी भी शिक्षक का लक्ष्य अपने छात्रों को सीखने के लिए प्रेरित करना तथा उनमें रचनात्मकता के दीप प्रज्वलित करना होना चाहिए। अध्यापक को चाहिए कि वह अपने छात्रों को हमेशा के लिए एक स्वतंत्र शिक्षार्थी में बदल दे।

ऋचा त्यागी, *इंडियन इंस्टीट्यूट ऑफ साइंस, बंगलौर*

एक प्रसिद्ध सर्वेक्षण एजेंसी ने विज्ञान के क्षेत्र में भारत को इक्कीसवें स्थान पर रखा है। हम अभी भी पहले 10 स्थानों में क्यों नहीं हैं?

भारत भाग्यशाली है कि यहाँ लगभग 56 करोड़ युवा हैं। यह युवा शक्ति विज्ञान के क्षेत्र में देश की स्थिति को बेहतर बनाने के लिए निश्चित रूप से प्रयास करेगी। शीघ्र ही हमारी गिनती न केवल विश्व के प्रथम 10 देशों में, बल्कि शीर्ष के प्रथम 3 देशों में होगी।

पार्थ पाध्य, *कक्षा-VII, न्यू विद्या विहार स्कूल, अहमदाबाद*

आपने अपने जीवन में क्या लक्ष्य निर्धारित किया था? अब हम छात्रों को क्या लक्ष्य बनाना चाहिए?

जब मैं दस वर्ष का था और पाँचवीं कक्षा में पढ़ता था, उन दिनों मेरे शिक्षक श्री शिवसुब्रह्मण्य अय्यर ने मुझे मेरे जीवन का स्वप्न दिखाया। मैं अपने जीवन में उड्डयन और उड्डयन प्रणाली से जुड़ा कुछ करना चाहता था; और मैं एक रॉकेट इंजीनियर बन गया। इसी प्रकार आप भी अपने लिए एक ऐसा क्षेत्र

चुन सकते हैं, जिसमें आपकी गहरी रुचि हो और फिर आप इसमें अपना पूरा उत्साह व पूरी शक्ति लगा दें। पहले तय करें कि आप क्या बनना चाहते हैं—शिक्षक, कलाकार, फैशन डिजाइनर, डॉक्टर, इंजीनियर या समाज-सेवक, फिर इसे उच्च मानवोचित गुणों के साथ समायोजित कर लें।

श्रद्धा आर. देशपांडे, *कक्षा-X, न्यू इंग्लिश स्कूल, बांद्रा (पू.), मुंबई*

? सरकार की प्रवृत्ति उच्च शिक्षा के व्यवसायीकरण तथा शिक्षित युवाओं के लिए रोजगार के अवसरों को सीमित करने की रही है। क्या आप इस कथन से सहमत हैं?

योग्य उम्मीदवारों के लिए उनकी आर्थिक क्षमता के भीतर ही उचित मूल्य के आधार पर गुणात्मक शिक्षा उपलब्ध कराने के लिए प्रयास किए जा रहे हैं। विकसित भारत की ओर अपना कदम बढ़ाते हुए आर्थिक विकास और सुनियोजित ठोस प्रयासों से सभी के लिए रोजगार की संभावना बढ़ेगी। ग्रामीण क्षेत्रों में शहरी सुविधाओं की उपलब्धता (पुरा) योजना के कार्यान्वित होते ही हमारे युवाओं के लिए फिर अवसरों की कमी नहीं रहेगी।

अभिषेक कोतवाल, *कक्षा-VIII, एस. राधाकृष्णन् विद्यालय, बोरीवली, मुंबई*

? अनेक छात्रों को पढ़ने के लिए विज्ञीय सहायता नहीं मिल पाती। इसके लिए क्या उपाय किए जा सकते हैं?

मैं प्राय: यही सलाह देता रहा हूँ कि बैंक और विज्ञीय संस्थाएँ निर्धन छात्रों को बिना किसी समस्या के ऋण उपलज़्ध करवाएँ। मुझे भरोसा है कि बैंक इस दिशा में आगे आएँगे और विज़्ीय सहायता उपलज़्ध कराने के अपने नए-नए तरीकों से छात्रों को उनकी शिक्षा जारी रखने में सहायक सिद्ध होंगे।

सारा, *कक्षा-VIII, रोजी हाई स्कूल, हैदराबाद*

? अपने पाठ्यक्रम में हम लोग मात्र इतिहास पढ़ते हैं। विकसित भारत की संकल्पना पर कोई अध्याय नहीं है। यह कहाँ तक उचित है?

मैं आपकी बात से सहमत हूँ कि स्कूलों में बच्चों को राष्ट्र के लिए एक संकल्पना विषय के बारे में अवश्य पढ़ाया जाना चाहिए। यह कार्य प्रधानाध्यापक और शिक्षक नए-नए तरीकों से कर सकते हैं। मैंने देखा है कि एक समाचार-पत्र समूह द्वारा शिक्षा में

सक्रियता हेतु एक कार्यक्रम चलाया जा रहा है, जिसमें दिन विशेष का पाठ्यक्रम उस दिन के समाचारों के आधार पर तैयार होता है। गणित, विज्ञान, इतिहास, भूगोल तथा भाषाओं की शिक्षा पूरे विश्व में घट रही घटनाओं की समाचार-पत्र में रिपोर्टिंग के आधार पर दी जाती है। यह राष्ट्रीय विकास हेतु प्रतिबद्धता निर्माण की दिशा में बच्चों के लिए एक प्रकार की प्रतिपूरक शिक्षा हो सकती है। राष्ट्रीय दृष्टिकोण तथा मिशन को महत्त्व देते हुए हमारे स्कूल भी किसी मासिक अथवा त्रैमासिक पत्रिका का प्रकाशन कर छात्रों को प्रोत्साहित करने का कार्य कर सकते हैं।

अविनाश कुमार, *कक्षा-IX, योगोदा सत्संग हाई स्कूल, राँची*

? अधिकांश मेधावी छात्र डॉक्टर, इंजीनियर, वकील, आई.ए.एस. व आई.पी.एस. अधिकारी बनना चाहते हैं; परंतु कोई भी छात्र नेता नहीं बनना चाहता, क्यों? यह भारत के भविष्य को कैसे प्रभावित करेगा?

यह सत्य नहीं है। छात्रों के साथ मेरी अनेक चर्चाओं के दौरान छात्रों ने मुझसे कहा कि वे राजनीतिज्ञ बनना चाहेंगे।

नगमा बेगम, *कक्षा-VIII, इसलामिया गर्ल्स इंटर कॉलेज, इटावा*

? मुसलिम बालिकाओं के शैक्षिक विकास के लिए क्या-क्या योजनाएँ लागू की जा रही हैं?

अभी कुछ दिन पहले ही मैं पटना गया था। वहाँ मैंने इमारत-ए-शरिया ट्रस्ट द्वारा स्थापित चिकित्सा कर्मचारियों के प्रशिक्षण के लिए बनी एक संस्था का उद्घाटन किया। ट्रस्ट ने बिहार, उड़ीसा और उज़र प्रदेश में अनेक शैक्षणिक संस्थान, जिनमें कि कई मेडिकल कॉलेज भी हैं, स्थापित किए हैं। इनमें कुछ संस्थान विशेषत: महिलाओं के लिए ही हैं। इसी प्रकार ईसाई मिशनरियों, भारतीय विद्या ज़वन तथा अनेक परोपकारियों एवं ट्रस्टों ने शैक्षिक संस्थानों की स्थापना की है। ये संस्थाएँ महिलाओं को शिक्षा उपलज़्ध कराती हैं। साथ ही छियासीवें संविधान संशोधन अधिनियम को मंजूरी दे दी गई है, जिसके अंतर्गत 6-14 वर्ष की आयु वर्ग के बच्चों के लिए शिक्षा पाने का अधिकार विषयक विधेयक पर ज़ी सहमति हो गई है। अब आप सबको स्कूलों के लिए वांछित संरचनागत ढाँचे के साथ-साथ मात्र स्कूलों को चलाने के लिए अच्छे शिक्षक—जो गुणात्मक शिक्षा देते हों—के अतिरिक्त आधुनिक तकनीकों से सुसज्जित स्तरीय शिक्षा प्राप्त होगी।

आदित्य भागवत, *कक्षा-X, सोमलवर हाई स्कूल, नागपुर*

? आज के समाज में शिक्षकों की क्या भूमिका है? बच्चों का ज्ञान नियंत्रित या सीमित करना या फिर उन्हें जागरूक बनाना?

शिक्षकों पर उत्तरदायित्व बहुत अधिक है। एक यूनानी शिक्षक की उक्ति है कि आप मुझे अपना बच्चा सात वर्षों के लिए दे दें, फिर देखें उसे न तो कोई शैतान बदल सकता है और न ही ईश्वर। शिक्षा छात्रों को ऐसा ही शक्तिशाली ज्ञान प्रदान करती है। यहाँ समाज में शिक्षकों के दो प्रकार के उत्तरदायित्व हैं—पहला, ज्ञान प्रदान करना तथा दूसरा, अपने बच्चों की दृष्टि में एक आदर्श बनना। श्रेष्ठता ऐसे आदर्श बनने की आधारशिला है, वास्तव में वही सच्चा शिक्षक है, जो किसी व्यक्ति को एक आदर्श नागरिक बनाए।

देवांग पांडेय, *कक्षा-VIII, संदीपनी स्कूल, नागपुर*

? क्या ऐसा नहीं लगता कि वर्तमान पीढ़ी पर अपेक्षाकृत अधिक बोझ लाद दिया जाता है? स्कूल में अच्छे प्रदर्शन के लिए उसपर शिक्षक और माँ-बाप, सभी ओर से दबाव डाला जाता है। इस स्थिति से निबटने के लिए आप हमें क्या सुझाव देंगे?

हाँ, यह सच है। जहाँ कहीं भी मेरी मुलाकात शिक्षकों और अभिभावकों से होती है, तो मैं उन्हें यह सुझाव अवश्य देता हूँ कि बारहवीं कक्षा के पश्चात् छात्रों को स्वयं ही विषय चुनने की स्वतंत्रता दी जानी चाहिए। यह अत्यंत आवश्यक है। यह बच्चे के विकास हेतु माता-पिता के लालन-पालन के उज़रदायित्व में ही आता है। साथ ही बच्चों के लिए भी यह आवश्यक है कि वे ज़ी अपनी अंतरात्मा की आवाज सुनें तथा विषयों का चयन अपनी स्वाभाविक अभिरुचि के अनुसार ही करें, न कि अपने सहपाठियों एवं मित्रों के विचारों के आधार पर।

विश्वनाथन संगीता एस., *कक्षा-XI, सेंट मैरी स्कूल, राजकोट*

? आज के युग में मात्र परीक्षाओं में अर्जित अंक ही हमारे विकास और चरित्र के दर्पण माने जाते हैं। सिद्धांतवादी व्यक्ति कहाँ तक टिक पाते हैं?

प्राप्तांक किसी विषय विशेष में मात्र ज्ञान के सूचक भर हैं, चरित्र की गुणवज़ा के मापक तो बिलकुल नहीं। एक आदर्श नागरिक बनने में अच्छे अंकों के साथ अच्छे नैतिक मूल्य तथा आचरण का मिश्रण भी आवश्यक है।

आरिफ अशरफ, *कक्षा-VIII, योगोदा सत्संग हाई स्कूल, राँची*

? धनी और गरीब छात्रों की शिक्षा में इतनी अधिक असमानता क्यों है? क्या इन परिस्थितियों में भारत एक पूर्ण विकसित राष्ट्र बन सकता है?

टेली-शिक्षा तथा ई-शिक्षा के सहयोग से हम ग्रामीण क्षेत्रों में गुणात्मक शिक्षा उपलब्ध कराने की दिशा में प्रयास कर रहे हैं। यह गाँवों में रहनेवाले लोगों के लिए देश के विकास में भागीदारी हेतु आवश्यक है। साथ ही प्रत्येक व्यक्ति के भीतर कुछ-न-कुछ प्रतिभा अवश्य छिपी रहती है। हमें चाहिए कि हम अपनी इस छिपी हुई प्रतिभा को निखारें तथा समाज की एक अमूल्य संपदा के रूप में विकसित करें। निस्संदेह राष्ट्र इससे लाभान्वित होगा।

ए. धनशेखर, *कक्षा-X, गवर्नमेंट हायर सेकंडरी स्कूल, पांडिचेरी*

? भारत की स्वतंत्रता के 59 वर्ष पूरे हो गए हैं; परंतु अभी तक नदियों का राष्ट्रीयकरण क्यों नहीं हो पाया है?

जब भारत को स्वतंत्रता मिली थी तो इसके संस्थापकों ने कुछ विषयों को राज्य और कुछ को केंद्र के अधीन रखने का निर्णय लिया। जल-

संपदा राज्य सूची का ही विषय रहा। पूरे विश्व में द्रुत गति से हो रही जनसंज़्या-वृद्धि तथा जलवायु में परिवर्तन के कारण सर्वत्र जल-संकट छा गया है। भारत भी इससे अछूता नहीं रहा। राज्यों के मध्य परस्पर सहयोग की अपेक्षा एवं नदियों के पानी के समुचित बँटवारे की बात हमारे देश के लिए एक वास्तविक चुनौती बन गई। इसके लिए एक प्रमुख सुझाव यह भी दिया गया कि क्यों न नदी जल के बँटवारे का राष्ट्रीयकरण कर दिया जाए! पर इस हेतु देश के सभी राज्यों को संविधान में संशोधन के लिए एकमत होना पड़ेगा, ताकि नदी जल को संघ सूची में रखा जा सके।

रोहित चंद्र, *कक्षा-IX, विशप वेस्टकॉट ज़्यॉएज स्कूल, राँची*

? स्कूल के छात्र पुस्तकों और अन्यान्य कई प्रकार के बोझ तले दबे पड़े हैं। भारत के प्रथम नागरिक होने के नाते इस बोझ को कम करने हेतु कृपया हमारी सहायता करें।

स्कूलों को चलाने के लिए आवश्यक स्कूली सुविधाएँ, आधारभूत ढाँचे और अच्छे शिक्षकों की नियुक्ति हेतु तत्काल कदम उठाने की आवश्यकता है। ऐसा इनके साथ-साथ आधुनिक तकनीकों, यथा—ई-शिक्षण, टेली-शिक्षा आदि लागू करके किया जा सकता है। ऐसा करते समय पाठ्यक्रमों के पुनरीक्षण की ज़ी आवश्यकता है, ताकि बच्चों का बोझ कम हो सके तथा उनकी रचनात्मकता और निखर सके।

रेणु जॉर्ज, *कक्षा-III, यूनियन हाई स्कूल, गोवा*

? आतंकवाद को खत्म करने के लिए क्या विद्यार्थी कुछ कर सकते हैं?

छात्र शांति के राजदूत बन सकते हैं। बच्चे दूसरे बच्चों के साथ हो रहे दुर्व्यवहार को रोक सकते हैं। यदि आपके माँ-बाप इसका खर्च उठा सकें तो एक गरीब बच्चे को अच्छी शिक्षा-दीक्षा दिलाओ। बच्चे नाटकों का आयोजन कर यह समझा सकते हैं कि आतंकवाद न केवल समाज के लिए, अपितु स्वयं आतंकवादियों के परिवारों के लिए भी नुकसानदायक है।

अरुण मधु, *कक्षा-VI, सेमेस्टर, बी.ए. एल-एल.बी., नेशनल लॉ यूनिवर्सिटी, जोधपुर*

? आप राष्ट्र के कार्यकारी प्रमुख होने के साथ-साथ भारतीय सशस्त्र सेनाओं के प्रमुख भी हैं तो क्या यह इस बात का संकेत है कि हमारे राष्ट्र को राष्ट्रपति के नेतृत्ववाली प्रजातांत्रिक व्यवस्था को अपना लेना चाहिए

हमारे संविधान-निर्माताओं ने भली-भाँति सभी पक्षों पर गौर करके संविधान का निर्माण किया है, जिससे पिछले पाँच दशकों से हमारी प्रजातांत्रिक

व्यवस्था एकदम सहज-सरल तरीके से चलती रही है। पिछले 59 वर्षों में हमने कई उतार-चढ़ाव भी देखे हैं, जिसका पूरी दृढ़ता के साथ सामना किया गया। अब भारत एक परिपक्व प्रजातांत्रिक देश है।

आर. अरविंद, *कक्षा-III, सेंट बेडस स्कूल, चेन्नई*

? क्या हमें आप अपने बचपन की कोई यादगार घटना सुना सकते हैं?

कक्षा पाँचवीं के मेरे शिक्षक श्री शिवसुब्रह्मण्य अय्यर की एक बात मुझे याद है। एक दिन कक्षा में वे हमें यह बता रहे थे कि कोई पक्षी कैसे उड़ता है। उन्होंने हमें रामेश्वरम् के समुद्र तट पर ले जाकर इसका जीवंत उदाहरण दिया। वह एक ऐसी यादगार घटना थी, जो मेरे मन-मस्तिष्क में हमेशा के लिए बैठ गई। इसी से मुझे आगे विज्ञान पढ़ने की प्रेरणा मिली।

एस. कार्तिक, *कक्षा-XII, अमर ज्योति इंग्लिश स्कूल, बंगलौर*

? कई छात्रों के बड़े-बड़े लक्ष्य होते हैं, परंतु आर्थिक तथा अन्य समस्याओं के कारण वे इन्हें प्राप्त नहीं कर पाते। वे अपना लक्ष्य आखिर कैसे प्राप्त करें?

स्कूल में पढ़ाई में अच्छा प्रदर्शन करने पर छात्रवृत्ति प्राप्त होगी, साथ ही उच्च शिक्षा के लिए बैंकों से ऋण लेने हेतु पात्रता भी बनेगी। जीवन में हम जब कभी भी ऊँचा लक्ष्य निर्धारित करते हैं तो बाधाएँ तो आएँगी ही। लेकिन इसे हमें अपने कठोर परिश्रम एवं उत्कृष्ट कार्यों से पराजित करना होगा। विघ्न-बाधाओं से तो व्यक्ति को पराजित नहीं होना चाहिए।

जोधपुर दौरे पर महामहिम राष्ट्रपति से एक बच्चे द्वारा पूछा गया प्रश्न

? क्या हम अति विशिष्ट व्यक्तियों के दौरे पर हो रहे अनावश्यक खर्चे कम नहीं कर सकते?

तुमने इस मंच पर एक बड़ी सी कुरसी देखी होगी। वह कुरसी अब यहाँ पर नहीं है। ठीक ऐसे ही अनुत्पादक चीजों पर हो रहे अनावश्यक खर्चे भविष्य में नहीं होंगे।

अनुभा रॉय, *कक्षा-VIII, कोलकाता*

? प्राचीन गुरुओं द्वारा प्रदान की जानेवाली शिक्षा तथा आधुनिक शिक्षा-व्यवस्था में क्या अंतर है?

प्राचीन शिक्षण व्यवस्था गुरुकुल आधारित थी। इसमें मूल्य आधारित शिक्षा-प्रणाली पर बल दिया जाता था। उन दिनों गुरु एवं शिष्य के मध्य एक प्रकार का आत्मीय संबंध हुआ करता था। आधुनिक शिक्षा व्यवस्था में भी शिक्षक तथा छात्रों के मध्य परस्पर एक प्रकार की वैयक्तिक निकटता उत्पन्न करने का लक्ष्य होना चाहिए। साथ ही बच्चों को उच्च विचार देने के लिए भी कुछ समय अलग से निर्धारित किया जाना चाहिए।

सौज़्य मुखर्जी, *कक्षा-XI, कोलकाता*

? हमें आप कुछ ऐसी प्रेरणाओं या घटनाओं के बारे में बताएँ, जिन्होंने आपको भारत का प्रथम नागरिक बनने में सहायता की हो?

मेरे जीवन में तीन व्यक्तियों का प्रमुख योगदान है। मेरे पिता ने हमेशा मुझे जीवन में नैतिक मूल्यों के महज़्व का पाठ पढ़ाया। मेरे प्राथमिक स्कूल के शिक्षक श्री शिवसुब्रह्मण्य अय्यर ने अपनी शिक्षा के माध्यम से मुझे वैमानिकी (Aeronautics) को अपनी जीविका का साधन बनाने के लिए प्रेरित किया। मेरे गुरु प्रो. सतीश धवन ने मुझे हॉवर क्राज़्ट (Hovercraft) के लिए प्रति-घूर्णित-नोदक (contra-rotating propeller) डिजाइन बनाने हेतु आवश्यक ज्ञान प्रदान किया। वर्षों बाद उन्होंने मुझे एस एल वी-3 के परियोजना निदेशक के रूप में कार्य करने का सौभाग्य भी प्रदान किया तथा जीवन भर के लिए एक संदेश उन्होंने मुझे दिया, कि "जब भी

कोई व्यक्ति किसी मिशन पर कार्य करता है तो उसके मार्ग में बाधाओं का आना स्वाभाविक ही है; परंतु उसे चाहिए कि वह अपने मार्ग की उन बाधाओं को दूर करे, उन्हें परास्त करे एवं सफलता अर्जित करे।''

मंधिर, *कक्षा-XII, बी.सी.एम. आर्य मॉडल सीनियर सेकंडरी स्कूल, लुधियाना*

जैव प्रौद्योगिकी (Bio-technology) के माध्यम से विभिन्न प्रजातियों, जिनमें मानव प्रजाति भी सम्मिलित है, की जीन-संरचना में छेड़छाड़ कर क्या आदमी भगवान् बन रहा है?

मनुष्य की जिज्ञासाएँ अनंत हैं। मैं निश्चित रूप से मनुष्यों के क्लोन (Clone) बनाए जाने के विरुद्ध हूँ। पर हाँ, मानव-शरीर के अंगों के प्रभावी सुधार तथा उपचार के लिए हम विभिन्न अवयवों की क्लोनिंग अवश्य कर सकते हैं।

बितान भट्टाचार्य, *कक्षा-VIII, एपीजे स्कूल, कोलकाता*

संकल्पना 2020 को साकार करने की दिशा में भारत के छात्रों के लिए आपका क्या संदेश है?

अपने देश के युवाओं के लिए मेरा एक संदेश है। हमारे सभी युवाओं में अदम्य साहस होना चाहिए। अदम्य साहस के दो अंग हैं—पहला, अपना एक लक्ष्य बनाओ और फिर उसे पाने की दिशा में जुट जाओ तथा दूसरा, यह कि कार्य करते समय बाधाएँ तो आएगी ही, अतः बाधाओं को अपने ऊपर कदापि हावी मत होने दो, अपितु बाधाओं को ही अपने नियंत्रण में रखो, उन्हें परास्त करो और सफल बनो। यह सौभाग्य की बात है कि अपने देश में युवा संपदा प्रचुर मात्रा में है। तेजस्वी मेधावाले ये युवा इस धरा पर, धरा के नीचे तथा धरा के ऊपर विद्यमान किसी भी संपदा से अधिक श्रेष्ठ हैं। जब कोई तेजस्वी मन अदम्य साहस के साथ कार्य में जुट जाता है तो वह एक समृद्धिशाली, खुशहाल तथा सुरक्षित भारत के प्रति हमें आश्वस्त करता है। एक छात्र के रूप में आप अपना एक लक्ष्य निर्धारित कर उसपर अपना ध्यान केंद्रित करते हुए विघ्न-बाधाओं पर विजय प्राप्त करें और उसमें उत्कृष्टता अर्जित करके अपना सहयोग दें। छात्र नैतिक मूल्यों को अपने जीवन में आत्मसात् करें। वे उद्यमी बनने का प्रयास करें। छुट्टी के दिन निर्धन तथा सुविधाओं से वंचित बच्चों को पढ़ा सकते हैं तथा उनके लिए जीवन में एक मिशन का निर्माण कर सकते हैं। वे अधिकाधिक पौधारोपण कर पारिस्थितिकी संतुलन को बनाए रखने में सहयोग कर सकते हैं। ये कार्य हमें सामूहिक रूप से विकास और समृद्धि के पथ पर ले जाएँगे।

पोबारू वैभवी, *कक्षा-IX, निर्मला कॉन्वेंट स्कूल, राजकोट*

? भारत के राष्ट्रपति के रूप में क्या आप हमें भारतीय छात्रों के भविष्य के बारे में बता सकते हैं?

मुझे भारतीय छात्रों का भविष्य अत्यंत उज्ज्वल दिखाई दे रहा है। भारत को एक विकसित राष्ट्र में परिवर्तित करने के लिए अनेक योजनाएँ चलाई जा रही हैं। आप सभी को अपनी विशिष्ट दक्षता, क्षमता तथा नेतृत्वशाली गुणों के आधार पर इन योजनाओं तथा मिशनों में योगदान देने का सुअवसर प्राप्त होगा। आप मंगल तथा चंद्रमा के मिशन के बारे में भी सोच सकते हैं। आप निस्संदेह एक विकसित भारत देख पाएँगे।

याज्ञिका, *कक्षा-XII, श्री कस्तूरबा हाई स्कूल, राजकोट*

? अपने देश में एक ओर जहाँ हम 100 प्रतिशत साक्षरता लाने की बात कर रहे हैं, वहीं दूसरी ओर दिन-प्रतिदिन शिक्षा महँगी होती जा रही है। इन दोनों के बीच एक तार्किक संतुलन कैसे लाया जाए? क्या ऐसा संभव है? यदि हाँ, तो कैसे?

राज्य द्वारा संचालित स्कूलों में, जहाँ शिक्षा पर्याप्त सस्ती है, शिक्षा की गुणवत्ता में सुधार की आवश्यकता है। शिक्षा की गुणवत्ता में सुधार लाने के लिए हमें अच्छे शिक्षकों द्वारा समर्थित आधुनिक तकनीकों को व्यवहार में लाना होगा। यह एक प्रकार का अच्छा निवेश है, जिसका खर्च सरकार को उठाना चाहिए। साथ ही बड़ी कक्षा के छात्रों को चाहिए कि वे छोटी कक्षा के छात्रों को निःशुल्क पढ़ाएँ। यह एक आदर्श सामाजिक विकास की बात होगी।

□

सामान्य विषय

कौतूहल प्रकृति की सहज शिक्षा है।

—स्माइले ज़्लेंटन (1882–1966)

नॉर्मन विंसेंट पिएले की पुस्तक 'माई फेवरिट कोटेशंस' से उद्धृत

प्रांजलि सदावरते, *कक्षा-X, जे.एन. टाटा पारसी गर्ल्स हाई स्कूल, नागपुर*

? एक अध्यापक के रूप में जहाँ आपका संबंध मानवीय मस्तिष्कों से रहा, वहीं एक वैज्ञानिक के रूप में आप मिसाइल निर्माण कार्यक्रमों से संबद्ध रहे हैं। आपकी दृष्टि से इन दोनों में अधिक कठिन कार्य कौन सा है?

अध्यापन के लिए तो मैं हमेशा तैयार रहता हूँ, क्योंकि इससे मुझे जिज्ञासु युवाओं के साथ रहने का अवसर प्राप्त होता है। उनकी जिज्ञासाओं से अध्यापक तथा छात्र दोनों को ही लाभ होता है। अध्यापन कार्य करते समय मैंने पाया कि कई छात्र अपनी चिंतन शैली से अध्यापकों को बहुत पीछे छोड़ देते हैं। अध्यापन किसी भी अन्य कार्य से अपेक्षाकृत अधिक संतोष देता है।

जोशी भूमि, *कक्षा-XI, कोटक कन्या विनय मंदिर, राजकोट*

? कठिन परिश्रम के अतिरिक्त भाग्य का सहयोग कहाँ तक अपेक्षित है?

परिश्रम सर्वप्रथम है। भाग्य भी आपका साथ तभी देगा जब आप निरंतर परिश्रम करते हों। एक प्रसिद्ध कहावत है कि 'ईश्वर उसी की सहायता करता है, जो अपनी सहायता स्वयं करता है।' एक अन्य कहावत के अनुसार 'रातोरात मिलनेवाली सफलता के पीछे वर्षों का परिश्रम होता है।'

साई देशपांडे, *कक्षा-VIII, मुंडले इंग्लिश मीडियम स्कूल, नागपुर*

? चाचा नेहरू के जन्मदिन 14 नवंबर को बाल-दिवस के रूप में मनाया जाता है। आप अपने जन्मदिन को किस दिवस के रूप में मनाना चाहेंगे?

मैं अपने बहत्तरवें जन्मदिन पर सूरत में 15 श्रद्धेय गुरुओं, पादरियों तथा मौलवियों के साथ था। इस सम्मेलन में एक पाँच-सूत्रीय कार्यक्रम पर निर्णय लिया गया, जो इस प्रकार है—अंतर्धामिक उत्सव, बहुधार्मिक परियोजनाएँ, सभी धर्मों में एकता शिक्षा, अंतर्विश्वासों के मध्य संवाद तथा विद्वानों एवं प्रबुद्ध नागरिकों के साथ-साथ धार्मिक एवं आध्यात्मिक गुरुओं द्वारा संचालित राष्ट्रीय स्तर की स्वतंत्र एवं स्वायत्त संस्थानों की स्थापना करना। खगोलशास्त्रीय दृष्टि से यदि कहें तो कहा जा सकता है कि सूर्य के चारों ओर विद्यमान पृथ्वी की प्रत्येक कक्षा हर व्यक्ति के लिए एक जन्मदिन लाती है। पृथ्वी लाखों-करोड़ों बार परिक्रमा कर चुकी है,

अत: किसी व्यक्ति विशेष के लिए एक परिक्रमा मात्र की बात कोई महज़्वपूर्ण घटना नहीं है।

ज्योति सोनल, *कक्षा-XI*

? जब आप पढ़ाई कर रहे थे तथा फिर नौकरी भी करते थे, उस दौरान आपको अनेक प्रकार की समस्याओं का सामना करना पड़ा होगा। आपने इन समस्याओं का सामना कैसे किया?

मैं अपने सभी कार्यों को पूरी निष्ठा से करता हूँ। मैं समस्याओं को कभी भी अपने ऊपर हावी नहीं होने देता, इसके विपरीत स्व-प्रयासों से मैं इन समस्याओं को ही अपने वश में कर लेता हूँ।

अखिल राठी, *धरमपेठ हाई स्कूल, नागपुर*

? आज की अनुदान-रहित शैक्षिक शुल्क व्यवस्था में क्या किसी अन्य का ए.पी.जे. अब्दुल कलाम बनना संभव है?

मैंने 20 वर्षों तक भारतीय अंतरिक्ष अनुसंधान संस्थान (ISRO) में कार्य किया तथा उसके बाद 20 वर्षों तक रक्षा अनुसंधान एवं विकास

संस्थान (DRDO) में कार्यरत रहा। वहाँ मैंने पाया कि मेरे साथ जो इंजीनियर अथवा वैज्ञानिक कार्य कर रहे थे, प्रक्षेपण यान विकास एवं तकनीक के क्षेत्र में उन्होंने उत्कृष्टता प्राप्त की थी। आज वे लोग अपने-अपने क्षेत्रों के पथ-प्रदर्शक हैं। इसी प्रकार मिसाइल तकनीक के क्षेत्र में मैंने अनुभव किया कि मेरे साथ कार्य करनेवाले लोग मुझसे कहीं अधिक बेहतर कार्य का प्रदर्शन कर रहे हैं तथा वे विभिन्न क्षेत्रों में उत्कृष्ट हैं। इसलिए किसी व्यक्ति विशेष की योग्यता कोई अधिक महज़्व नहीं रखती। अनुदान-रहित शैक्षिक शुल्क व्यवस्था के प्रश्न के बारे में मैं आपको बता दूँ कि मैंने स्वयं अपनी पढ़ाई छात्रवृज़ि की सहायता से पूरी की है। हमारी शिक्षा-व्यवस्था और उसकी शुल्क-संरचना हमारी अपेक्षाओं से कहीं दूर हैं। हम इस समस्या के समाधान के लिए कार्य कर रहे हैं। इस दिशा में भारत के उच्चतम न्यायालय ने संस्थाओं को निर्देश दिया है कि वे व्यावसायिक पाठ्यक्रमों के लिए एक सामान्य शुल्क प्रणाली लागू करें, जो जनहित में भी हो।

विश्व भारती विश्वविद्यालय, कोलकाता

? कृत्रिम बुद्धि (Artificial Intelligence) के क्षेत्र में भारत कैसे अग्रणी बन सकता है?

परिश्रम, परिश्रम और केवल परिश्रम द्वारा।

प्रैना, *कक्षा-X-F, बी.सी.एम. आर्य मॉडल सीनियर सेकंडरी स्कूल, लुधियाना*

? पंजाब के अनेक गाँवों में प्रदूषित तालाब बिना देखभाल के यों ही अलग-थलग पड़े हैं। क्या कोई ऐसा तरीका हो सकता है, जिससे कि प्रत्येक स्कूल कम-से-कम एक-एक तालाब अपनी देख-रेख में ले ले और उन्हें पूर्ववत् ही साफ-सुथरा बना दे?

पर्यावरण की शुद्धता किसी भी राष्ट्र के विकास का सूचक है। एक राष्ट्र के रूप में हमें अपने पर्यावरण, जिसमें कि तीर्थस्थलों एवं नदियों की बात भी शामिल है, को पवित्र एवं व्यवस्थित रखना आवश्यक है। मैं यहाँ काली बेन नामक एक लघु नदी के सुधार के बारे में बताना चाहूँगा, जहाँ माना जाता है कि गुरु नानक देवजी को ज्ञान की प्राप्ति हुई थी। वर्षों तक यह नदी जंगली घास-पात से भरी हुई एक नाले के रूप में बहती रही। देर से सही, लेकिन पंजाब सरकार के सहयोग और बाबा बलबीर सिंह सीचेवाल के महत्प्रयासों से यह पुनः एक साफ-सुथरी नदी में परिवर्तित हो पाई। इस चर्चा से मैं यह बताना चाहता हूँ कि उन्होंने लोगों की भागीदारी से गंदे जल के बृहत् प्रवाह को बेन नदी में जाने से रोका और 160 कि.मी. लंबी प्रदूषित, मृतप्राय इस लघु नदी को विगत पाँच वर्षों में लगभग 3,000 स्वयंसेवक तीर्थयात्रियों के श्रमदान से स्वच्छ एवं निर्मल बना दिया। आज कोई भी यहाँ इस नदी में तारकीना बाँध से छोड़ी जा रही स्वच्छ कल-कल बहती जलधारा

की निर्मलता का सहज ही अनुभव कर सकता है। इस नदी के जीर्णोद्धार से भूतल के जल-स्तर में वृद्धि हो गई। इससे पूर्व जो नलकूप सूख गए थे, उनसे अब पानी की धार बहने लगी। मुझे विश्वास है कि बी.सी.एम. आर्य मॉडल सीनियर सेकंडरी स्कूल एवं पंजाब के अन्य स्कूलों के छात्र इस उदाहरण से अवश्य सीख ग्रहण करेंगे। यह निस्संदेह एक महत्त्वपूर्ण सामाजिक मिशन होगा।

सूरज आर., *कक्षा-XI, अमृता विद्यालय, एर्नाकुलम्*

? अपनी आत्मकथा 'अग्नि की उड़ान' *(Wings of Fire)* पुस्तक लिखने के पीछे आपकी कौन सी प्रेरणा उत्प्रेरक बनी?

हजारों इंजीनियर तथा अधिकारियों-कर्मचारियों के साथ कार्य करते हुए हर जगह मुझे दो चीजें देखने को मिलीं—यदि कहा जाए और कोई कार्य विशेष करने का उज़रदायित्व सौंपा जाए तो देश का प्रत्येक नागरिक अपना योगदान देने के लिए अवश्य आगे बढ़कर आएगा। साथ ही मैंने यह ज़ी पाया है कि ऐसा व्यक्ति, जिसके पास कोई समुचित शैक्षिक पृष्ठभूमि नहीं थी, उसने भी अपने कठिन परिश्रम तथा प्रतिभा मात्र के बल पर काफी कुछ कर दिखाया। मैं यहाँ यह कहना चाहता हूँ कि मानव-मस्तिष्क एक ऐसा शक्तिशाली यंत्र है जिसके समक्ष चुनौतियाँ रखने पर वह विकास की ओर ही बढ़ता है। यह मेरा स्वयं का अनुभव है, जिसे मैं यहाँ बताना चाहता हूँ।

सन्नी कनाबर, *कक्षा-VII, सेंट मैरी विद्यालय, राजकोट*

? राष्ट्रपति बनते ही आपके मन में सर्वप्रथम क्या विचार आया?

मेरे हृदय में सबसे पहले त्यागराज स्वामिगल का श्रीरागम में गाया हुआ वह अद्‌भुत कीर्तन गूँजने लगा—*'एंदरो महानुभावलु अंदरिगि वंदनमुलु'*, जिसका अर्थ है—मैं सभी महान् सहृदय मनुष्यों को सादर नमन करता हूँ।

समरेंद्र शर्मा, *छज़ीसगढ़*

? भारतीय विधानसभा के इतिहास में आप प्रथम राष्ट्रपति हैं, जो विधानसभा के सदस्यों का मार्गदर्शन कर रहे हैं। आपको कैसा अनुभव हो रहा है तथा आप हमारे विधायकों को किन बातों की शिक्षा देंगे?

मैंने छज़ीसगढ़ विधानसभा के माननीय सदस्यों के साथ बातचीत की। यह संवाद परस्पर लाभकारी रहा। मैंने पाया कि विधानसभा के सदस्यगण छज़ीसगढ़ को एक त्वरित विकासवान् राज्य के रूप में देखना चाहते हैं तथा इस दिशा में कार्य भी करना चाहते हैं।

अर्श पटेल, *कक्षा-V, चंदूलाल विद्या मंदिर, मुंबई*

? यदि हम आपकी तरह बनना चाहें तो हमें क्या करना चाहिए?

जब आप युवा हो तभी आपको जीवन में एक लक्ष्य निर्धारित करने की आवश्यकता है। हमेशा कुछ बड़ा सोचो। जैसे ही आपको इस बात का अनुभव होगा कि आप आखिर बनना क्या चाहते हैं, तभी उस दिशा में प्रयास और श्रम प्रारंभ कर दो। कहने का अर्थ है कि जी-तोड़ मेहनत करो। ज्यों-ज्यों आप आगे की ओर बढ़ोगे, आपका सामना बाधाओं तथा कठिनाइयों से होगा। आपको अपने अंदर दृढ़ साहस पैदा करना होगा तथा समस्याओं को पराजित करने में महारत हासिल करनी होगी, तभी अपने जीवन में सफल हो पाओगे। परमपिता परमेश्वर आपके साथ हैं, जो आपकी सफलता में सहायक होंगे। अतः पहले यह आवश्यक है कि आप निरंतर ज्ञान अर्जित करें।

हर्ष चांडक, *कक्षा-VII, डॉ. एस. राधाकृष्णन् विद्यालय, मलाड, मुंबई*

? आप हर वर्ष 'वीरता पुरस्कार' देते हैं। आपकी दृष्टि में साहस की परिभाषा क्या है?

अपनी जान की परवाह किए बिना दूसरों को संकट या आपदा से बचाना ही साहस है।

सपना सिंह, *कक्षा-X, श्री लाल बहादुर शास्त्री स्कूल, राजकोट*

? आप भारत के विभिन्न राज्यों का दौरा करते रहे हैं तथा तरह-तरह के लोगों से मिलते रहे हैं। इस प्रकार के दौरे तथा मुलाकातों से आपको वस्तुतः क्या प्राप्त हुआ है?

विभिन्न राज्यों का दौरा करने के क्रम में मुझे सबसे पहले लोगों की महत्त्वाकांक्षाओं के बारे में जानकारी प्राप्त हुई। मैं आम आदमी से बातचीत कर सकने में सक्षम हूँ तथा उसकी समस्याओं व चुनौतियों से भी परिचित हो गया हूँ। मैं अब यह भी जानने लगा हूँ कि किसी राज्य विशेष के पास उसकी क्या-क्या विशेष क्षमताएँ हैं तथा एक आम आदमी के हित में इसका उपयोग कैसे किया जाए? मुझे विश्वास है कि लोगों के साथ हो रही मेरी बातचीत से सन् 2020 तक भारत को एक पूर्ण विकसित राष्ट्र बनाने की दिशा में एक सीमा तक विचारों में एकता आ रही है। मैं देश की जनता तथा शासन के बीच एक सेतु का कार्य कर रहा हूँ, ताकि नागरिकों की अभिलाषाओं-महत्त्वाकांक्षाओं को साकार रूप दिया जा सके।

उमंग दवे, *कक्षा-IX, सिल्केन एकेडमी, मुंबई*

? आपके जीवन का सर्वाधिक प्रसन्नतादायक दिन कौन सा रहा है?

पोलियो से प्रभावित लोगों के लिए मैं एक बार डॉक्टरों के साथ मिलकर लाइट वेट फ़्लोर रिएक्शन ऑर्थोसिस (FROs) के बारे में जानकारी प्राप्त करने के लिए कार्य कर रहा था। जब बच्चों को वास्तविक भार के दसवें हिस्से के बराबर भारवाले लाइट वेट फ़्लोर रिएक्शन लगाए गए तो बच्चों ने आसानी से चलना, दौड़ना तथा साइकिल चलाना शुरू कर दिया। अपने बच्चों में यह गतिशीलता देख उनके माता-पिताओं की आँखों में खुशी के आँसू छलक आए। उनके चेहरों की वह प्रसन्नता मेरे लिए अत्यंत आनंददायक थी।

कीर्तन पटेल, *कक्षा-IX, गिरधरनगर-शाहीबाग हाई स्कूल, अहमदाबाद*

? आपको सबसे अधिक क्या पसंद है?

बच्चों से बातचीत करना और उनके सपनों के बारे में जानना। साथ ही 1 अरब से अधिक अपने देशवासियों के चेहरों पर मुसकान देखना।

बोबिन विश्वास, *कक्षा-XI, कोलकाता*

? किन उपलब्धियों के आधार पर किसी व्यक्ति को सफल कहा जाए?

हरेक व्यक्ति में यह भिन्न-भिन्न होता है। यदि कोई ऐसा कार्य, जो कि चुनौतियों से पूर्ण हो तथा किसी अन्य व्यक्ति के द्वारा नहीं किया जा सका हो और आपने वह कर दिखाया हो तो मैं आपको एक सफल व्यक्ति कहूँगा।

अर्श मेहता, *कक्षा-VI, तेजस हाई स्कूल, वडोदरा*

? डॉ. ए.पी.जे. अब्दुल कलाम, आप स्वयं को किस रूप में याद किया जाना पसंद करेंगे?

सर्वप्रथम तो एक अच्छे इनसान के रूप में। तत्पश्चात् उस व्यक्ति के रूप में, जिसने लाखों-करोड़ों लोगों के चेहरों पर मुसकान बिखेरी है। मैं इसके लिए प्रयास करूँगा।

हेमिल दोषी, *कक्षा-VIII, डॉ. एस. राधाकृष्णन विद्यालय, मलाड, मुंबई*

? आप एक नेता की क्या परिभाषा देंगे ?

एक नेता में विफलताओं से सामना करने का साहस होता है तथा वह विफलताओं का उज़रदायित्व स्वत: ही अपने ऊपर ले लेता है, जबकि सफलता मिलने की स्थिति में उसका सारा-का-सारा श्रेय अपने सहयोगी दल को दे देता है। वह सर्वदा यही पूछता रहता है कि 'मैं आपके लिए क्या कर सकता हूँ ?'

देवीप्रिया सोमन, *कक्षा-XII, अमृता विद्यालय, कालीकट*

? आपके जीवन में घटी कोई ऐसी घटना, जिसने आपके ऊपर अपनी कोई अमिट छाप छोड़ी हो ?

प्रथम उपग्रह प्रक्षेपण यान (SLV) के प्रक्षेपण में मिली विफलता ने मुझे यह सिखाया कि विफलताओं का सामना कैसे किया जाए तथा साथ ही अपनी विफलताओं को सफलता में कैसे बदला जाए। इस घटना ने उस संस्थान में एक नायक की उपस्थिति का बोध कराया।

विवेक गुप्ता, *कक्षा-XI, अर्चना मेमोरियल इंटर कॉलेज, इटावा*

? बच्चों से आपको इतना प्रेम क्यों है ? आप इनमें क्या ढूँढ़ने/पाने का प्रयास करते हैं ?

मुझे बच्चों की निश्छल जिज्ञासा तथा उनमें कौतूहल का भाव अच्छा लगता है। मुझे उनमें सन् 2020 के विकसित भारत का संकल्प दिखाई देता है। उनके मस्तिष्क में एक स्वप्न है, जिसे कभी भी उद्दीप्त किया जा सकता है। मुझे उनमें यह मेल अच्छा लगता है।

कीर्तन पटेल, *कक्षा-IX, गिरधरनगर-शाहीबाग हाई स्कूल, अहमदाबाद*

? वर्तमान में आप भारत के राष्ट्रपति हैं तथा साथ ही एक सफल वैज्ञानिक भी रहे हैं। ये दोनों एक-दूसरे से एकदम भिन्न कार्य हैं। इनमें कौन सा कार्य-क्षेत्र आपको अधिक पसंद है?

एक वैज्ञानिक के रूप में मैं अपने सहयोगी दल के साथ भारत को एक विकसित राष्ट्र के रूप में रूपांतरित करने के लिए संकल्पना-2020 के निर्माण में संलग्न था और अब राष्ट्रपति भवन में मैं इसी के प्रचार-प्रसार हेतु आया हूँ।

अभिलाष वर्मा, *कक्षा-VIII, पुलिस मॉडर्न स्कूल, इटावा*

? आप एक आदर्श व्यक्ति हैं। एक अच्छा व्यक्ति बनने हेतु कृपया हमारा मार्गदर्शन करें।

कठिन परिश्रम तथा वैज्ञानिक प्रवृत्ति के साथ अध्यात्म का योग आपको एक अच्छा व्यक्ति बनाएगा। दूसरे व्यक्तियों में हमेशा अच्छाई ढूँढ़ने का प्रयत्न करें।

रेशमा खान, *IV सेमेस्टर, बी.एस-सी.-एल-एल.बी., नेशनल लॉ यूनिवर्सिटी, जोधपुर*

? संयुक्त राज्य अमेरिका ने अंतरिक्ष में उच्च-शक्ति लेजर परीक्षण किया है। आखिर वे कौन सी परिस्थितियाँ हैं, जो संयुक्त राज्य अमेरिका को अपने ये परीक्षण पृथ्वी की अपेक्षा अंतरिक्ष में करने में सहायक हैं?

हमने अपना परमाणु परीक्षण ज़ूमिगत किया था। संभव है कि संयुक्त राज्य अमेरिका द्वारा संचालित उच्च-शक्ति लेजर परीक्षण अंतरिक्ष-आधारित व्यवस्था के लिए हो। दूसरे अंतरिक्ष यानों की व्यवस्था में कोई खलल न पड़े, इस हेतु अंतरिक्ष में किए

जा रहे परीक्षण कार्यक्रमों को हतोत्साहित करना चाहिए। हमें अपने इस पृथ्वी ग्रह को हर प्रकार से सुरक्षित रखना चाहिए तथा अंतरिक्ष-युद्ध पर प्रतिबंध लगाना चाहिए।

धनराज, *कक्षा-VIII, कसरगोड*

? आपका पूरा नाम क्या है तथा स्कूल में आपका सबसे प्रिय मित्र कौन था?

मेरा पूरा नाम अवुल पकीर जैनुलाबदीन अब्दुल कलाम है। स्कूल के दिनों में मेरे सबसे प्रिय मित्र पक्षि रमानाथे शास्त्री थे।

एस. निरंजना देवी, *कक्षा-VII, सेंट जॉन्स वेस्ट्री हाई स्कूल, त्रिची*

? आपकी सबसे प्रिय पुस्तक का नाम क्या है तथा आपको वह क्यों अच्छी लगती है?

लिलियन आईश्लर वाटसन रचित 'लाइट फ्रॉम मेनी लैंप्स' मेरी सबसे प्रिय पुस्तक है। यह साहस, उत्साह, प्रसन्नता और ज्ञान देती है।

जी. रंजीता, *कक्षा-VIII*, चेन्नई

? लोगों का कहना है कि आपने कर्नाटक संगीत की भी शिक्षा ली है। क्या यह बात सत्य है? यदि हाँ, तो आपके गुरु का नाम क्या है तथा आपका प्रिय राग कौन सा है?

मैंने सरस्वती वीणा की शिक्षा प्राप्त की है। सुश्री कल्याणीजी मेरी संगीत अध्यापिका थीं। मेरा प्रिय राग 'श्रीरागम्' है।

□

जय विज्ञान!

कला 'अहम्' है तथा विज्ञान 'वयम्'।

—क्लाउड बर्नार्ड (1813-78)

एक फ्रांसीसी मनोवैज्ञानिक

'आइजक एसीमोव की पुस्तक विज्ञान तथा प्रकृति उक्ति कोश' से उद्धृत

रानी सत्फले, *कक्षा-IX, नवभारत विद्यालय, नागपुर*

? मनुष्य विज्ञान तथा प्रौद्योगिकी के क्षेत्र में अत्यंत तेजी से विकास कर रहा है, पर इसके साथ ही उसका ईश्वर पर से विश्वास भी घटता जा रहा है। क्या आप भी ऐसा मानते हैं कि यह प्रगति में बाधक है?

विज्ञान तथा प्रौद्योगिकी दोनों ही द्रुत गति से विकास कर रहे हैं। प्राय: अधिकांश व्यक्ति, जिन्होंने विज्ञान के क्षेत्र में अपनी अच्छी-खासी प्रतिष्ठा अर्जित की है, वस्तुत: आस्तिक रहे हैं। आइंस्टीन, जिन्होंने $E = mc^2$ की खोज की थी, जब भी कभी आकाशगंगा तथा तारों की ओर देखते थे तो उन्हें ब्रह्मांड तथा उसके जन्मदाता के चमत्कार पर गहरा आश्चर्य होता था। 'नोबेल पुरस्कार' विजेता डॉ. सी.वी. रमण एक आध्यात्मिक प्रकृति के व्यक्ति थे। यदि आप विज्ञान तथा प्रौद्योगिकी के क्षेत्र में ईश्वर में अपनी अटूट आस्था के साथ आगे बढ़ते हैं तो कार्य के परिणामों में स्वत: ही वृद्धि होती चली जाएगी।

देवांगी एस. शुक्ला, *कक्षा-XII, सरस्वती माध्यमिक विद्यालय, राजकोट*

? आपने अपने एक भाषण में कहा था कि निर्धनता हमारी सबसे बड़ी शत्रु है। इस शत्रु का नाश करने में हम विज्ञान तथा प्रौद्योगिकी का उपयोग किस प्रकार कर सकते हैं?

प्रौद्योगिकी चतुर्दिक् विकास की संभावनाओं का सूत्रपात करती है। विज्ञान तथा प्रौद्योगिकी का अनुप्रयोग पहले से ही कृषि, दुग्ध-उत्पादन, रेशम उद्योग, बागबानी तथा अन्य ग्रामोद्योगों में होता आया है। विज्ञान के इस अनुप्रयोग को अपनी ग्रामीण जनसंख़्या के लिए बेहतर रोजगार के अवसर उपलब्ध कराने हेतु बढ़ावा देना होगा। इस प्रकार हम गरीबी उन्मूलन के अपने उद्देश्य को प्राप्त कर सकेंगे।

बी. अनुषा, *कक्षा-IX, सरस्वती विद्यालय, नागपुर*

? यदि आप टाइम-मशीन का आविष्कार करते हैं तो सबसे पहले इसका उपयोग किसलिए करना चाहेंगे?

यदि मैं टाइम-मशीन का आविष्कार करता हूँ तो सर्वप्रथम मैं इसमें बैठकर इस बात की गवेषणा करना चाहूँगा कि आसमान में कितनी आकाशगंगाएँ हैं, तारे कैसे जन्म लेते हैं तथा मानव-जीवन का आरंभ सर्वप्रथम कैसे हुआ आदि-आदि।

शीतल चौधरी, *कक्षा-XII, भिडे गर्ल्स हाई स्कूल, नागपुर*

एक मूल्य-आधारित समाज के विकास में विज्ञान एवं प्रौद्योगिकी किस प्रकार सहायक हो सकते हैं?

हमारी सज्यतापरक विरासत की 70 करोड़ जनसंज्या उन ग्रामीण क्षेत्रों में फैली है जहाँ संयुक्त परिवार व्यवस्था का आदिमूल विद्यमान है। यह परदादाओं तथा माता-पिता इत्यादि सब लोगों की एक सार्थक अंग के रूप में देखभाल करती है। इतना ही नहीं, गाँवों में आपको यह सहज ही देखने को मिलेगा कि किस प्रकार विभिन्न धर्मों को माननेवाले लोग यहाँ परस्पर मिल-जुलकर, प्रेम एवं स्नेह के साथ रह रहे हैं। प्रसिद्ध सामाजिक चिंतकों, वैज्ञानिकों तथा धार्मिक नेताओं द्वारा आयोजित एक घंटे की नैतिक शिक्षा की कक्षा के माध्यम से एकता के इस अप्रतिम सूत्र को बारहवीं कक्षा तक के छात्रों के लिए आगे और भी बढ़ाया जा सकता है। जब युवा लोग इस प्रकार की संस्थाओं से बाहर निकलकर आएँगे तो वे निश्चय ही एक मूल्य-आधारित समाज के प्रचार-प्रसार के लिए कार्य करेंगे।

आनंद के. जावेरी, *कक्षा-XI, सेंट मैरी स्कूल, राजकोट*

उपग्रह संचार तथा अस्त्र-शस्त्र भारत को एक सामरिक महाशक्ति बनने में किस प्रकार सहायता कर सकते हैं?

महाशक्ति बनने के लिए हमें उच्च कोटि की आधुनिक प्रौद्योगिकी, अस्त्र-शस्त्र तथा ध्वनि-आदेश व नियंत्रण प्रणाली आधारित प्लेटफॉर्म एवं संवेदक की आवश्यकता है। उपग्रह संचार उन्नत संवेदन तथा निर्देशन तंत्र के रूप में एक निर्णायक भूमिका निभा सकता है।

मनकोडि प्रतीति, *कक्षा-XII, श्री लाल बहादुर शास्त्री बाल विद्यालय, राजकोट*

? भारत में सकारात्मक वैज्ञानिक क्रांति लाने का सबसे अच्छा तरीका क्या है?

विज्ञान तथा प्रौद्योगिकी का लाभ सामान्य जनता, विशेषकर ग्रामीण भारत तक पहुँचना आवश्यक है। ग्रामीण क्षेत्रों में शहरी सुविधाओं (पुरा) के माध्यम से यही योजना बनाई जा रही है। विज्ञान के विषयों के क्षेत्रीय भाषाओं में शिक्षण को बढ़ावा देने के प्रयास किए जाएँ। जैसा कि आपको विदित ही होगा कि कार्यान्वयन के स्तर पर 'ग्राम ज्ञान केंद्र' (VKCs) विभिन्न पंचायतों में स्थापित किए जा रहे हैं, ताकि जरूरतमंदों को समय पर ज्ञान उपलब्ध कराया जा सके।

होकिशे सेमा, *कक्षा-XI, कोहिमा*

? मानव जीनोम योजना समाप्त हो गई है। संवेदना तथा मेधा के जीन के अन्वेषण हेतु क्या इस समय कोई अनुसंधान कार्य चल रहा है?

परियोजना जीनोम ने अधिकांश समाजों का सर्वेक्षण कार्य संपन्न कर लिया था। भारत जीनोम परियोजना में शामिल नहीं हुआ था। प्राणि जगत् की सभी प्रजातियों में 98 प्रतिशत जीन अनुक्रम एक जैसे हैं। मानव तथा जंतुओं के मध्य मात्र 2 प्रतिशत का अंतर है। भारत की कुछ जनजातियों की जनसंज़्या ने बिना किसी प्रसंकरण के जीन रूपरेखा की वास्तविक पहचान को बनाए रखा। इससे हमें किसी रोग विशेष की व्याप्ति या फिर अनुपस्थिति के बारे में समझने में सहायता मिलेगी, साथ ही इससे हमें वैयक्तिकता-युक्त किसी रोग विशेष हेतु औषधि अनुकूलन के लिए भेषजगुण जीनीय (Pharmacogenetics) के उभर रहे क्षेत्रों में भी सहायता मिलेगी। ऐसा कोई एक विशेष जीन नहीं है, जो संवेदना तथा मेधा का निर्धारण करता हो। जैसा कि वैज्ञानिकों ने सीजोफ्रेनिया के उस जीन की पहचान कर ली है, जो कि व्यतिक्रम तथा संवेदनाओं के लिए जिज़्मेदार है। वैसे ऐसा कोई अकेला प्रकार्य नहीं हो सकता, जो कि संवेदना तथा मेधा से संबंधित हो। इसे तो ध्यान, संकेंद्रण, उत्प्रेरण तथा समुचित पोषण जैसे कारकों के साथ जानने-पहचानने की आवश्यकता है।

गणेश बी.एस., *द्वितीय वर्ष (बी.टेक.), ए.आई.टी.ई.सी., बंगलौर*

? भारत में विज्ञान एवं प्रौद्योगिकी का भविष्य उज्ज्वल है, परंतु इसमें कोई राजनीतिक हस्तक्षेप नहीं होना चाहिए। आपका क्या मत है? क्या आपको नहीं लगता कि प्रौद्योगिकी के विकास में भारतीय राजनीतिक प्रणाली व्यवधान पैदा कर रही है?

मेरा अनुभव इंगित करता है कि भारतीय वैज्ञानिकों तथा प्रौद्योगिकीविदों को उनकी प्रशाखाओं से ही उनके लिए प्रमुख तथा अध्यक्ष चुनकर उनको अधिकृत किया जाए। राजनीतिक दृष्टि विज्ञान तथा प्रौद्योगिकी के विकास में सहायता प्रदान करती है।

पुनीत, *द्वितीय वर्ष (बी.टेक.), ए.आई.टी.ई.सी., बंगलौर*

? नासा (NASA) के समतुल्य बनने की दिशा में हमारी अंतरिक्ष प्रणाली (Aerospace system) में क्या कमियाँ रह गई हैं? हम इसमें अपना योगदान कैसे दे सकते हैं?

भारत एक विकासशील देश है तथा अंतरिक्ष प्रौद्योगिकी के क्षेत्र में दृढ़ता से अपने कदम आगे बढ़ा रहा है। भारत के पास किसी भी प्रकार के उपग्रह-निर्माण की क्षमता विद्यमान है तथा इसे वह अपने प्रक्षेपण यानों की सहायता से अपेक्षित कक्षा में प्रक्षेपित भी कर सकता है।

बी.के. लिंबू, *कक्षा-IX, गंगटोक*

? नाइट्रस ऑक्साइड (N_2O) गैस के सूँघने से हँसी क्यों आने लगती है?

मस्तिष्क स्तंभ में एक जालिका संरचना नामक क्षेत्र पाया जाता है (यह न्यूरॉन्स तथा तंत्रिका-रेशाओं का संजाल होता है), जो मस्तिष्क के सभी संवेदी निवेशों पर अपना नियंत्रण रखता है तथा एक द्वार व निस्यंदकवत् (फिल्टर के रूप में) कार्य करता है। अल्कोहल तथा N_2O द्वारा इस द्वार को शिथिल कर देने से किसी भी प्रकार का कोई निवेश (Input) बिना किसी नियामक यंत्रावली के मस्तिष्क के संवेदनशील भाग में प्रवेश कर जाता है। निस्यंदक यंत्रावली इससे कार्य नहीं कर पाती है। फलतः लोग हँसने लग जाते हैं। कुछ चिकित्सक नाइट्रिक ऑक्साइड (NO) का प्रयोग उन रोगियों के उपचार के लिए करते हैं, जो कि उच्च तुंगता के फुफ्फुस शोथ (हाई ऑल्टिट्यूड पल्मोनरी एडिमा) रोग से पीड़ित हैं। दो अणुओं (NO) के संयोग से यह जहाँ रचनात्मक कार्य करती है,

वहीं तीन अणुओं (N_2O) के संयोग की स्थिति में यह विनाशक बन जाती है।

अनुकृति, *कक्षा-IX, टेंडर हर्ट पब्लिक स्कूल, टूपूदाना, राँची*

? मिसाइल एक प्रकार की विनाशक शक्ति है तो फिर आपने इस विनाशक का निर्माण क्यों किया?

देश की 1 अरब से अधिक की जनसंख्या की स्वतंत्रता को अक्षुण्ण बनाए रखने के साथ-साथ खुशहाल, समृद्ध तथा सुरक्षित जीवन प्रदान करने हेतु भारत को आर्थिक व राष्ट्रीय सुरक्षा की आवश्यकता है। रक्षा कार्यों के लिए विकसित प्रौद्योगिकी आर्थिक विकास के कार्यों में भी लाभ पहुँचा रही है। भारत द्वारा रक्षा पर किया गया खर्च अन्यान्य देशों की तुलना में सबसे कम है।

सांगे वांग्चू, *कक्षा-X, तवांग*

? क्या अन्य सौरमंडलों में जीवन संभव है?

इसपर निश्चयपूर्वक 'हाँ' कह पाना संभव नहीं। हम यह आशा करते हैं कि इस ब्रह्मांड पर अन्यत्र जीवन की खोज का हमारा यह प्रयास शीघ्र ही हमें अन्य सौर परिवारों में हमारे समकक्ष या फिर हमसे भी उन्नत जीवन खोज पाने में सफल हो पाएगा।

हम अपेक्षा करते हैं कि सन् 2050-80 के आस-पास हम अंतरिक्ष पर्यटन, अंतर्ग्रहीय यात्रा तथा अन्य ग्रहों पर खनन कार्य की सुविधाओं से संपन्न होंगे। सन् 2080 तक हमारे पास एक सुस्थापित अंतरिक्ष कॉलोनी होने की भी संभावना है। हम आशा कर रहे हैं कि सन् 2100 तक हमारे पास आपके इस प्रश्न का कोई-न-कोई उत्तर अवश्य होगा। यदि हम सौभाग्यशाली रहे तो अन्य सौरमंडलों पर जीवित प्राणियों की खोज कर पाने में सफल हो जाएँगे तथा वे उन ज्ञात मानव जातियों के साथ शांतिपूर्वक सह-अस्तित्व की भावना के साथ रहेंगे, जो अन्य सौरमंडलों के दूरस्थ ग्रहों पर पर्यावास के निर्माण में जुटे हैं।

बी. ईषिता, *कक्षा-VI, सेंट बेडस स्कूल, चेन्नई*

? विज्ञान तथा गणित में विभिन्न प्रकार के सूत्रों को याद करने के पीछे क्या रहस्य है?

निरंतर अनुप्रयोगों से कोई भी विज्ञान तथा गणित के सूत्रों को याद रख सकता है।

डैनी ह्मार, *कक्षा-VIII, आइजोल*

क्या कभी सूर्य पर जाना संभव हो पाएगा?

जैसा कि तुम जानते ही हो कि सूर्य अब तक का ज्ञात सबसे बड़ा नाभिकीय शक्ति संयंत्र है। यह आइंस्टीन के सिद्धांत $E = mc^2$ के आधार पर अपने द्रव्यमान के निरंतर ज्वलन से ऊष्मा तथा प्रकाश-ऊर्जा उत्पन्न करता है। हमारे पास आज तक कोई ऐसा द्रव्य या वस्तु नहीं है, जो मनुष्य तथा यंत्रों की ऐसे उच्च तापमान से सुरक्षा कर सके। हमें यह नहीं पता कि इस प्रकार की वस्तु का निर्माण हम निकट भविष्य में ज़ी कर पाएँगे या नहीं। तब तक सूर्य पर पहुँचने की बात हम सबके लिए एक स्वप्न तथा चुनौती ही बनी रहेगी।

एम. साइनाथ, *कक्षा-IX, जावेद हाई स्कूल, हैदराबाद*

आपने तकनीकी तथा चिकित्सा दोनों ही क्षेत्रों में कार्य किया है। आप इन दोनों क्षेत्रों में क्या प्रमुख अंतर पाते हैं?

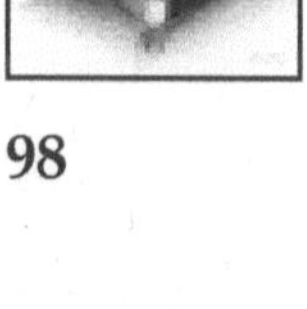

मैंने प्रौद्योगिक अनुप्रयोगों से लोगों को उचित स्वास्थ्य सुविधाएँ उपलज़्ध कराने हेतु कार्य किया है। चिकित्सा-क्षेत्र का उद्देश्य जहाँ रोगियों

के कष्ट-दर्द दूर करने का है वहीं तकनीकी-क्षेत्र का कार्य समुचित विकास के लिए आर्थिक उन्नति को प्रेरित करना है। इन दोनों का मिलना लोगों के कल्याण का लक्ष्य रखता है।

उन्नी नायर, *कक्षा-XI, त्रिवेंद्रम*

? एड्स (AIDS) के टीके के लिए समुद्र की वनस्पतियों एवं जीव-जंतुओं का अन्वेषण क्यों किया जा रहा है?

समुद्र के अंदर ऐसे अनेक जीव पाए जाते हैं, जो सर्वथा अपने अक्षत रूप में होते हैं। वे न तो किसी के संसर्ग में ही आए होते हैं और न ही उनका अन्वेषण हुआ होता है। इससे मात्र एड्स के टीके के लिए ही नहीं, अपितु भविष्य में होनेवाले अन्यान्य रोगों के उपचार के लिए भी यह एक सुअवसर है कि इस प्रकार की अज्ञात संपदा का दोहन कर नए अणुओं का पता लगाया जाए।

सी. सपना, *कक्षा-XII, एस.बी. हाई स्कूल, गुलबर्ग*

? नाभिकीय अस्त्रों का निर्माण क्या हमें शांति एवं सुरक्षा दे पाएगा?

यहाँ यह ध्यान रखना आवश्यक है कि भारत के दो पड़ोसी देश नाभिकीय अस्त्रों से लैस हैं। ऐसी परिस्थिति में शांति बनाए रखने के लिए आर्थिक विकास के साथ राष्ट्रीय सुरक्षा को जोड़कर देखना आवश्यक है। वस्तुतः शक्ति ही शक्ति का आदर करती है।

मुकुल अरोड़ा, *कक्षा-XI, डी.ए.वी. स्कूल, चंडीगढ़*

? क्या निद्रावस्था में भी सक्रिय रूप से सोचने का क्रम चलता रहता है? स्वप्नाभास के पीछे छिपी वास्तविकता क्या है?

मानव मस्तिष्क के प्रकार्यों को दो प्रकार से वर्गीकृत किया गया है—पहला मस्तिष्क का चेतन भाग है तथा दूसरा अर्धचेतन भाग। जब मनुष्य अपनी जाग्रतावस्था में होता है तो मस्तिष्क के ये दोनों चेतन तथा अर्धचेतन भाग सक्रिय रहते हैं। मनुष्य की मृत्यु की दशा में ये दोनों ही निष्क्रिय हो जाते हैं। परंतु जब कोई मनुष्य अपनी निद्रावस्था में होता है तो उसका चेतन मस्तिष्क विश्राम की अवस्था में आ जाता है, मात्र अर्धचेतन मस्तिष्क ही सक्रिय रहता है। यही सभी प्रकार के स्वप्नों तथा आभास का कारक है। प्रकृति सर्वदा सममितिक होती है। अतः इससे हमें इस बात की भविष्यवाणी की प्रेरणा मिलती है कि हो न हो, एक और अवस्था भी हो, जिसमें कि अर्धचेतन मस्तिष्क सुस्त होगा तथा चेतन मस्तिष्क जाग्रत्। यह एक ऐसी अवस्था है, जिसमें न्यूनतम मात्रा में ऊर्जा का

व्यय होता है। हमारे पूर्वजों ने इस अर्धचेतन मस्तिष्क को अपने नियंत्रण में रखने की विधि खोज निकाली थी। इस अवस्था को समाधि की अवस्था के नाम से भी जाना जाता है।

निद्रा के दो प्रकार हैं—द्रुत पुतली संचलन निद्रा (Rapid Eye Movement Sleep – REM), जिसका संघटन भाग 25 प्रतिशत होता है तथा शेष 75 प्रतिशत की पूर्ति अद्रुत पुतली संचलन निद्रा (Non-Rapid Eye Movement Sleep – NREM) से होती है। द्रुत पुतली संचलन निद्रा (REM) में स्वप्न आते हैं। सामान्यत: इस प्रकार की निद्रा मध्य रात्रि के बाद आती है। भंडार गृहों (ए.टी.पी., फॉस्फेट्स, ग्लाइकोजन निचयों) का आपूरण इसी निद्रा की अवधि में होता है, जो कि मस्तिष्क को अगले दिन की क्रियाओं के लिए तैयार करता है। अद्रुत पुतली संचलन निद्रा (NREM) के समय मस्तिष्क सभी आवश्यक चीजों के भंडारण तथा अवांछनीय चीजों से मुक्ति पाकर स्वयं को तैयार कर लेता है।

श्वेतांक, *कक्षा-VIII, सरस्वती शिशु मंदिर, मुंगेर*

? भारत में गंगा, गाय, तुलसी तथा पृथ्वी—ये सभी माँ के रूप में पूजी जाती हैं। लेकिन इसके बाद भी हम अपने पर्यावरण को प्रदूषित करते हैं। इस दिशा में क्या प्रयास किए जा सकते हैं?

हमें अपनी नदियों तथा पर्यावरण को विशेष आदर के साथ देखना चाहिए। हमें यह सुनिश्चित करना चाहिए कि हम इन्हें कदापि

प्रदूषित न करें। यह देश के प्रत्येक नागरिक का कर्तव्य होना चाहिए। पर्यावरणीय स्वच्छता की स्थिति किसी भी राष्ट्र के विकास की सूचक है। एक राष्ट्र के रूप में हमें अपने पर्यावरण को स्वच्छ रखना चाहिए। यह देश के सभी नागरिकों के बेहतर स्वास्थ्य के लिए अत्यंत आवश्यक है, साथ-ही-साथ यह हमारे लिए एक संपूर्ण तथा सौंदर्यपरक वातावरण का निर्माण एवं देश में आनेवाले पर्यटकों के लिए भी उतना ही आवश्यक है। हम अपने तीर्थस्थल तथा नदियों को उनके स्वाभाविक दिव्यत्व की रक्षा हेतु स्वच्छ एवं व्यवस्थित रखें। देश का प्रत्येक राज्य अपने-अपने क्षेत्र में संतुलित पर्यावरण के निर्माण हेतु स्थानीय कानूनों की घोषणा करे। जब भी हम कभी किसी तीर्थस्थान की यात्रा करें या फिर पुण्य-स्नान के लिए जाएँ तो वहाँ हम संपूर्ण पर्यावरण की स्वच्छता एवं शुद्धता को बनाए रखने की शपथ लें।

अहमद सिद्दीकी, *कक्षा-VIII, श्रीनगर, जम्मू व कश्मीर*

सूर्य की जीवन अवधि कितनी है?

लगभग 10 अरब वर्ष।

आर. थॉमस मर्फी, *कक्षा-VII, सेंट जॉन्स वेस्ट्री हाई स्कूल, त्रिची*

? कई लोगों का कहना है कि वैज्ञानिक ईश्वर में विश्वास नहीं रखते। क्या आप इससे सहमत हैं?

नहीं, यह सच नहीं है। जब भी कभी कोई वैज्ञानिक या फिर कोई अन्य किसी कारण से आकाश की ओर देखता है तो उसे वहाँ अनेक आकाशगंगाएँ दिखाई देती हैं, जिनमें लाखों-करोड़ों तारे होते हैं और वे भी चतुर्दिक् असंज्य ग्रहों से घिरे होते हैं। जब भी कोई इस आकाश तथा निरंतर फैले ब्रह्मांड की ओर देखता है तो वह इसके स्रष्टा से प्रेरित हुए बिना नहीं रह पाता है।

वेदांग सिंघानिया, *कक्षा-IV, साउथ पॉइंट स्कूल, कोलकाता*

? क्या तारे एवं ग्रहों का पेड़-पौधों से कोई संबंध होता है?

एक पुस्तक प्रकाशित हुई है, जिसका नाम है—'सीक्रेट टाइप ऑफ प्लांट्स' *(Secret Types of Plants)*। इसे हॉप्किंस ने लिखा है। इसमें यह कहा गया है कि पौधे के पास एक छठी इंद्रिय होती है तथा पार्थिवेतर संकेतों (extra-terrestrial) को पौधे तो

ग्रहण कर लेते हैं, पर मनुष्य नहीं कर पाते हैं। इसमें प्रयोग से संबंधित कतिपय आँकड़े भी दिए गए हैं।

अब्दुल हसन, *कक्षा–IX, सेंट थॉमस ब्वॉएज स्कूल, कोलकाता*

? भारत में कुछ जंतुओं की प्रजातियाँ दिन-प्रतिदिन लुप्त होती जा रही हैं। इस समस्या से निपटने के लिए क्या कारगर कदम उठाए जा रहे हैं?

जानवरों की दुर्लभ प्रजातियों के संरक्षण हेतु कई प्रकार के विशेष दलों का गठन किया गया है। वे इन प्रजातियों के संरक्षण के लिए आवश्यक सामंजस्यपूर्ण वातावरण तथा अन्य सहयोगी कारकों का निर्माण कर रहे हैं। समुदाय संरक्षण के लिए उत्तरांचल सरकार ने भी अपनी एक नई योजना लागू की है। यह स्थानीय जंतु-प्रेमियों को संरक्षण के अभियान में सहयोग देने हेतु समर्थ बनाएगा।

क्रिस्टीने मैसी, *कक्षा–XII, सेंट थॉमस गर्ल्स स्कूल, कोलकाता*

? नए राजमार्गों के निर्माण के क्रम में पुराने विशालकाय वृक्षों को अंधाधुंध क्यों काटा जा रहा है? आधुनिकीकरण की प्रक्रिया में उन्हें संरक्षित क्यों नहीं रखा जा सकता है?

आधुनिकीकरण के नाम पर हो रही वृक्षों की अंधाधुंध कटाई को रोकने के लिए पर्यावरण एवं वन मंत्रालय उचित काररवाई कर रहा है।

अंकिता संचेति, *कक्षा-XII, मॉडर्न हाई स्कूल, कोलकाता*

? क्या हम अपनी औषधीय वनस्पतियों पर निर्भर रह सकते हैं? क्या ये एलोपैथिक औषधि विज्ञान का स्थान ले सकती हैं? क्या ये उसकी कमी पूरी कर सकती हैं।

इसे एक प्रतिपूरक के रूप में देखा जा सकता है। कई रोग, जिनका निवारण एलोपैथिक पद्धति द्वारा संज़व नहीं हो पाता, वहाँ जड़ी-बूटियों से बनी औषधियाँ प्रयोग में लाई जा सकती हैं। दोनों का सेवन साथ-साथ भी किया जा सकता है। पौधों से जैव-संवर्धक बनाने के लिए अनुसंधान कार्य पहले से ही चल रहे हैं। ये एलोपैथिक प्रतिजैविकीय के असर को बढ़ा सकते हैं, जिससे इनके सेवन की मात्रा घट सकती है। दिमागी मलेरिया या मलेरिया संक्रमण जैसे कुछ मामलों में इसका समाधान केंद्रीय भेषजीय तथा सुवासित पादप संस्थान (CIMAP) की ओर से एंटी-मलेरिया औषधि के रूप में आया है, जिसे आजकल चालीस देशों में रोगियों के उपचार के लिए प्रयोग में लाया जा रहा है। अत: कज़ी यह उसके बदले में आ सकता है तो कभी एक प्रतिपूरक के रूप में।

अर्चना श्रीवास्तव, *कक्षा-IX, चंडीगढ़*

? बच्चा पैदा होते ही अचानक रोने लगता है। ऐसा आखिर क्यों होता है?

माँ का गर्भाशय अत्यंत आरामदायक तथा जीवनदायी व्यवस्थाओं, यथा—ताप, दाब, भोजन, ऑक्सीजन आदि से पूर्ण होता है। जन्म के समय मातृ-नाल टूट जाता है। मातृ-संसर्ग टूटते ही नवजात शिशु को श्वास लेने की आवश्यकता होती है। रोने की क्रिया से नवजात शिशु को अपेक्षित मात्रा में ऑक्सीजन की प्राप्ति होती है। इस स्थिति में आया परिवर्तन ही नवजात शिशु के रोने का कारण होता है।

मोउमिता दास, *पी.जी. डिप्लोमा (हर्बोलॉजी) की छात्रा, कोलकाता*

? स्वास्थ्य सेवा के क्षेत्र में अपेक्षाकृत अधिक स्वीकार्यता हेतु जड़ी-बूटियों के सूत्रीकरण के मानकीकरण के लिए ज़ारतीय वैज्ञानिकों की क्या भूमिका होगी?

रासायनिक अवयवों तथा जैविक क्रियाओं की दृष्टि से सभी जड़ी-बूटियों के सूत्रीकरण के वैज्ञानिक आधार को जानने के लिए अभी और

अध्ययन की आवश्यकता है। तत्पश्चात् यह स्वास्थ्य सेवा तंत्र में अपनी स्वीकार्यता बना पाएगी। जहाँ कहीं भी इस प्रकार के कार्य संपादित किए गए हैं वहाँ उन्हें सफलता प्राप्त हुई है। भारतीय चिकित्सा पद्धति तथा होमियोपैथी (ISM&H), जो अब AYUSH के नाम से जानी जाती हैं, ने जैव-प्रौद्योगिकी विभाग (DBT) के साथ मिलकर औषधीय पादपों को लेकर एक भेषज कोश बनाने का कार्य आरंभ किया है। इसपर भारतीय आयुर्विज्ञान अनुसंधान परिषद् (ICMR) कार्य कर रहा है।

प्रियंका, *द्वितीय वर्ष, एच.एस-सी., हैदराबाद*

? मात्र हैदराबाद तथा बंगलौर ही विश्व-प्रसिद्ध सूचना प्रौद्योगिकी के केंद्र बन पाए हैं, भारत के दूसरे शहर क्यों नहीं बन पाए हैं?

सही दृष्टिकोण एवं निरंतर ठोस प्रयासों के साथ यदि पहल की जाए तो हमारे सभी शहर व ग्रामीण क्षेत्र विश्व-प्रसिद्ध सूचना केंद्रों के रूप में बदल सकते हैं।

सन्नी कनाबर, *कक्षा-VII, सेंट मैरी विद्यालय, राजकोट*

? भारत एक ऐसा अंतरिक्ष यान कब बनाएगा, जिसमें बैठकर बच्चे चंद्रमा पर जा सकें?

इस समय चंद्र अभियान 'चंद्रयान-1' चल रहा है। इस अभियान का उद्देश्य अंतरिक्ष यान को चंद्रमा की कक्षा के निकट ले जाना है तथा विभिन्न प्रकार के प्रयोग करना है। यह अभियान सन् 2007 के लिए नियोजित है। आनेवाले वर्षों में इस अभियान को मानव-युक्त अभियान के रूप में तथा चंद्रमा पर कल-कारखानों की स्थापना के रूप में आगे बढ़ाया जाएगा। अत: तैयार हो जाएँ।

आर. सेल्वाकुमार, *द्वितीय वर्ष (मेकैनिकल) एम.जी.आर. एजुकेशनल एंड रिसर्च इंस्टीट्यूट, चेन्नई*

? प्राकृतिक संसाधनों के वर्तमान क्षरण की तीव्रता दर को देखते हुए क्या विजन 2020 को प्राप्त करना संज़व हो पाएगा? यदि 'हाँ', तो क्षरण की इस तीव्रता दर को रोकने के लिए क्या सकारात्मक कदम उठाए गए हैं?

इसमें कोई संदेह नहीं कि जीवाश्म ईंधन (कोयला, तेल, गैस) के नवीनीकरण की सुविधा नहीं होने के कारण ये एक दिन समाप्त हो जाएँगे। सौभाग्य से भारत के पास तीन शक्तिशाली संसाधन विद्यमान हैं—सौर शक्ति, थोरियम तथा समुद्र जल। जैव-डीजल तथा जैव-ईंधन अन्य उभरते हुए क्षेत्र हैं। इन सभी को उपयोग में लाने से हम ऊर्जा सुरक्षा के क्षेत्र में आत्मनिर्भरता प्राप्त कर सकते हैं।

जगन्नाथ रामनाथन, *कक्षा-VI, गोरेगाँव (पू.), मुंबई*

? रॉकेट ऊर्ध्वगामी उड़ान भरता है तथा विमान क्षैतिज, ऐसा क्यों?

गति की दिशा की व्याज़्या न्यूटन का सिद्धांत करता है।

जुबिन अरोड़ा, *चंडीगढ़*

? आयुर्वैदिक औषधियों के संदर्भ में विष विज्ञान (Toxicology) तथा गुणवज़ा-नियंत्रण क्या है?

हमें किसी औषधि द्वारा रोग विशेष से मुक्ति तो मिलती है, लेकिन साथ ही इसके दुष्प्रभाव की संभावना भी बनी रहती है। जड़ी-बूटियों से निर्मित औषधियों में विषता का अध्ययन यह पता लगाने के लिए किया जा रहा है कि लघु या दीर्घ अवधि के लिए क्या यह किसी अन्य मानवीय अंग को प्रज़ावित करता है या कहीं कोई अपना दुष्प्रभाव छोड़ता है? विषता का अध्ययन करते समय कोई भी व्यक्ति परीक्षण के लिए ली गई औषधि में यह जानने का प्रयास करता है कि यह तीव्र विषता, चिरकालिक विषता या फिर

ज़्यूटा जेनिसिटी, कार्सिनो जेनिसिटी अथवा टेरेटो जेनिसिटी में से क्या है ? जड़ी-बूटी की औषधियाँ, जो पीढ़ी-दर-पीढ़ी उपयोग में लाई जाती रही हैं, इनमें प्राय: अधिकांश विषीय प्रभावों के अनुपस्थित होने की संभावना रहती है। ग्वालियर में स्थापित रक्षा प्रयोगशाला ने सभी प्रकार की औषधियों, जिनमें जड़ी-बूटी की औषधियाँ भी सज़्मिलित हैं, के विषीय अध्ययन के लिए अपनी उत्कृष्ट दक्षता अर्जित की है।

गणेशन, *गवर्नमेंट ज़्वॉएज हायर सेकंडरी स्कूल, चेन्नई*

डी.एन.ए., आर.एन.ए. तथा प्रोटीन—इनमें सबसे पहला आनुवंशिक द्रव्य या पदार्थ कौन सा है ?

डी.एन.ए. पहला आनुवंशिक द्रव्य है, उसके बाद आर.एन.ए. और तब फिर प्रोटीन। डी.एन.ए. तथा आर.एन.ए. के अध्ययन को जीनोमिक्स (Genomics) कहा जाता है। प्रोटीन का अध्ययन प्रोटीओमिक्स (Proteomics) के अंतर्गत किया जाता है।

कुणाल राय, *कक्षा-X, भारतीय विद्या भवन, नागपुर*

क्या नदियों को परस्पर जोड़ने से देश की जैव-विविधता प्रभावित होगी ?

पर्यावरणीय तथा पारिस्थितिकीय पक्षों के आकलन हेतु कई प्रकार के गंभीरतापूर्ण अध्ययन किए जा रहे हैं। साथ ही 10 से 20 प्रतिशत धन भी वनरोपण के लिए आवंटित किया गया है। मैं ब्रह्मपुत्र, गंगा, महानदी, गोदावरी, कृष्णा, कावेरी, वाइगे तथा ताम्रपर्णी नदियों का परस्पर मिलन स्पष्ट देख रहा हूँ। यह भी देख रहा हूँ कि किस प्रकार संपूर्ण राष्ट्र जुड़ता चला जा रहा है तथा विकसित हो रहा है।

चौहान कार्तिक बी., *कक्षा-XII, मातृ मंदिर इंग्लिश मीडियम स्कूल, राजकोट*

क्या हम भी नासा (NASA) जैसी अपनी एक अंतरिक्ष संस्था बना सकते हैं?

हमारे यहाँ भारतीय अंतरिक्ष अनुसंधान संस्थान (ISRO) है, जो नासा (NASA) के समकक्ष है।

सी. पुष्पा, *कक्षा-IX, गवर्नमेंट हायर सेकंडरी स्कूल, पांडिचेरी*

समुद्र जल को पेयजल में परिवर्तित करने का सबसे आसान तरीका क्या है?

समुद्र जल को पेयजल में परिवर्तित करने का सबसे उत्क्रम तरीका वही है, जिसमें न्यूनतम ऊर्जा व्यय हो। भारत इस दृष्टि से भाग्यवान् है कि उसके पास काफी मात्रा में गैर परंपरागत ऊर्जा संपदा, यथा—सौर प्रकाश, वायु-शक्ति, जैव ईंधन आदि विद्यमान हैं, जिनका नवीकरण संभव है। भारत के लिए सबसे सहज-स्वाभाविक तरीका यही होगा कि वह विलवणीकरण (desalination) संयंत्रों का उपयोग करे। ये संयंत्र नवीकरणीय ऊर्जा संसाधनों से संचालित होते हैं।

देवेश रंजन, *एन.आई.सी., नई दिल्ली*

? कृपया यह बताएँ कि विश्व का सबसे पहला वैज्ञानिक कौन रहा होगा?

विज्ञान का जन्म प्रश्नों से ही हुआ है तथा वह अब भी प्रश्नों से ही जीवित है। विज्ञान की नींव ही जिज्ञासाओं पर आधारित है। माता-पिता तथा शिक्षक इस बात को बखूबी जानते हैं कि बच्चे अनंत जिज्ञासाओं के स्रोत हैं। अत: बच्चा ही प्रथम वैज्ञानिक है।

राहुल मेहता, *कक्षा-VIII, अहमदाबाद*

? पृथ्वी बड़ी तथा चाँद छोटा क्यों है?

एक लघु पिंड सर्वदा किसी बृहत् पिंड की परिक्रमा करता है, बृहत् पिंड लघु पिंड की नहीं। कारण बृहत् पिंड का गुरुत्व अपेक्षाकृत अधिक होता है। यद्यपि ऐसा नहीं है कि सभी चंद्रमा सभी ग्रहों से छोटे हों। अपने चंद्रमा को मिलाकर हमारे सौरमंडल में कुल सात चंद्रमा हैं, जो प्लूटो ग्रह से बड़े हैं। सौर परिवार का सबसे बड़ा चंद्रमा बृहस्पति ग्रह का जेनीमेड तथा शनि ग्रह का चंद्रमा टाइटन हैं। ये दोनों बुध तथा प्लूटो ग्रह से बड़े हैं। पृथ्वी का चंद्रमा, बृहस्पति का चंद्रमा कैलिस्टो, इयो व यूरोपा तथा नेपच्यून ग्रह का चंद्रमा ट्रिटन—ये सभी प्लूटो ग्रह से बड़े हैं; परंतु बुध ग्रह से छोटे हैं।

सुब्रतो बनर्जी, *कक्षा-VII, कोलकाता*

? आकाशगंगा की एक परिक्रमा पूरी करने में सूर्य को कितने वर्ष लग जाते हैं?

जैसा कि आप सभी जानते हैं कि पृथ्वी अपने अक्ष पर घूमती है, जिससे दिन तथा रात होते हैं। पृथ्वी को सूर्य की एक परिक्रमा पूर्ण करने में एक वर्ष का समय लग जाता है। यह जानकर आपको अत्यंत आश्चर्य होगा कि सूर्य को हमारी लघु आकाशगंगा की परिक्रमा करने में 25 करोड़ वर्ष लग जाते हैं। एक आकाशगंगा में लाखों तारे होते हैं तथा एक तारे के अनेक ग्रह होते हैं। इन्हें मानव आज तक नहीं गिन पाया है।

□

अध्यात्म और जीने की कला

विद्या देती नई कल्पना,
कल्पना लाती नए विचार।
नए विचारों से मिले ज्ञान,
ज्ञान बनाए हमें महान्।

—डॉ. कलाम

पँखुरी खन्ना, *राजकुमारी कॉलेज, राजकोट*

मैंने कहीं पढ़ा है कि आप उस बोधिवृक्ष के नीचे भी बैठे थे, जहाँ भगवान् बुद्ध को साक्षात् ज्ञान प्राप्त हुआ था। क्या आपको वहाँ किसी विशेष प्रकार की अनुभूति हुई?

हाँ, अवश्य। वहाँ मुझे एक प्रकार के शांतिमय कंपन की अनुभूति हुई थी।

रौनक मनोहरन, *सेंट फ्रांसिस डी सेल्स हाई स्कूल, नागपुर*

पिछले कुछ वर्षों में भारत ने विज्ञान के क्षेत्र में उल्लेखनीय प्रगति की है; लेकिन इसके बावजूद भारत को अंधविश्वासों को माननेवाला देश समझा जाता है। भारत अपनी इस छवि को कैसे बदल सकता है?

साक्षरता एवं शिक्षा में वृद्धि के साथ ही अंधविश्वासों तथा जादू-टोने को मानने की प्रवृज़ि में क्रमिक ह्रास हुआ है। आखिरकार समय पृथ्वी के अपने अक्ष पर घूर्णन तथा सूर्य के चारों ओर उसकी परिक्रमा पर अवलंबित है। अत: 24 घंटों में से कोई भी क्षण एक अच्छा समय है।

अरुण के.आर., *कक्षा-XII, अमृता विद्यालय, पेरुंबवूर*

भारत के विकास में धर्म की क्या भूमिका हो सकती है?

धर्म को चाहिए कि वह शनैः-शनैः अध्यात्म का रूप लेता चला जाए तथा राष्ट्र के विकास हेतु लोगों को एकसूत्र में पिरोने का कार्य करे।

विनोद ए.सी., *बी.एस-सी. नर्सिंग (सेकंड बैच)*

महात्मा गांधी के अनुसार, ईश्वर की अनुभूति हम अपने जीवन के माध्यम से कर सकते हैं। इसी प्रकार ईश्वर के बारे में आपके क्या विचार हैं?

भारत ने एक संकल्पना दस्तावेज—विजन 2020 का निर्माण किया है। सौभाग्यवश इस दस्तावेज की रचना में मेरा भी सहयोग रहा है। यह प्रौद्योगिकी-प्रेरित विजन है। यह उन दिनों अपने अस्तित्व में आया था, जब स्वयं मैं एक वैज्ञानिक था। राष्ट्रपति के रूप में मेरा दायित्व इसे कार्यान्वित करने का है। लोगों के कष्टों का निवारण करना ही ईश्वर का कार्य है।

सैनयुक्ता प्रकाश, *कक्षा-VII, जे.बी. वाचा हाई स्कूल, दादर*

? **प्राथमिक कक्षाओं से ही हमें यही पढ़ाया गया है कि सभी धर्मों का आदर करना चाहिए। मेरे माता-पिता ने भी मुझे यही बताया कि उन्हें भी ठीक यही बात पढ़ाई गई थी। फिर सांप्रदायिक दंगे क्यों हो रहे हैं? एक किशोर छात्र के रूप में हम इसे रोकने के लिए क्या-क्या कर सकते हैं?**

हमारे धर्म सुंदर द्वीपों का एक अद्‌भुत समूह हैं। जब धर्म अध्यात्म का रूप लेने लगते हैं तो हमें इन सब में एकात्म के दर्शन होने लगते हैं। एक छात्र के रूप में आप इस शपथ में वर्णित सिद्धांत का पालन करें—'मैं किसी भी धार्मिक, जातीय तथा भाषिक विभिन्नताओं का समर्थन नहीं करूँगा।' इसे आप अपने अन्य मित्रों को भी बताएँ।

हार्दिक जाला, *कक्षा-VIII, सेवेंथ डे एडवेंटिस्ट हाई स्कूल, अहमदाबाद*

? **जब आप कोई कठिन कार्य कर रहे होते हैं तो क्या ईश्वर का स्मरण करते हैं?**

हमें यह कदापि नहीं भूलना चाहिए कि हमारी सफलता हमारे सच्चे प्रयासों के साथ दैवी आशीर्वाद का परिणाम है। कहा भी गया है कि ईश्वर भी कठिन परिश्रमी व्यक्तियों की ही सहायता करता है।

उमंग दवे, *कक्षा-IX, सिलिकन अकादमी, मुंबई*

विज्ञान या भगवान्—हमें किस पर अधिक विश्वास करना चाहिए?

मानव ईश्वर का सृजन है। ईश्वर ने हमें बुद्धि तथा सोचने-समझने की शक्ति प्रदान की है। उन्होंने अपने द्वारा सृजित इस मानव को आदेश दिया कि वह उस तक पहुँचने के लिए अपनी सोचने-समझने की शक्ति का उपयोग पूरे विवेक के साथ करे। हम मनुष्यों की यही नियति है। यदि समाज विवेकी है तो विज्ञान हम मनुष्यों के लिए ईश्वर-प्रदत्त एक वरदान है।

प्रियंका, *कक्षा-IV, सेंट जोसेफ स्कूल, मुंगेर*

देश के विभिन्न साधु-संतों से मिलकर आपको क्या प्रेरणा मिलती है?

मैंने इस महान् देश में एक कोने से दूसरे कोने तक घूमते हुए विभिन्न तीर्थस्थलों तथा पूजागृहों के दर्शन किए तथा अनेक धर्मगुरुओं से मिला। धर्म एक मनोहारी उद्यान की तरह है— सुंदरता तथा शांति से परिपूर्ण स्थल, मानो कोई सुंदर उपवन कलरव करते सुंदर पक्षियों से परिपूरित हो। मैं यथार्थतः सोचता हूँ, धर्म सुंदर उद्यान हैं, परंतु वे द्वीप समूह हैं। यदि हम नई सहस्राब्दी के लिए 'पुष्पहार रूपी योजना' के तहत इन सब द्वीपों को प्रेम तथा संवेदना के साथ परस्पर पिरोएँ तो निस्संदेह एक समृद्ध भारत का निर्माण होगा तथा साथ ही हमारे समक्ष एक खुशहाल विश्व होगा।

कीर्तन पटेल, *कक्षा-IX, गिरधरनगर-शाहीबाग हाई स्कूल, अहमदाबाद*

? यदि ईश्वर आपको एक वरदान दें तो आप क्या माँगेंगे?

मैं ईश्वर से यही विनती करूँगा कि वे मुझे सर्वव्यापक शांति हेतु कार्य करने की सामर्थ्य प्रदान करें।

रंजीत सरकार, *कक्षा-IX, एपीजे स्कूल, कोलकाता*

? भगवान् तथा विज्ञान में क्या संबंध है?

विज्ञान उस सत्य का अन्वेषण करता है, जो मानव जाति को समृद्धि देता है। जबकि धर्म विकसित होने के पश्चात् अध्यात्म का रूप ले लेता है। आध्यात्मिक गुरु सर्वशक्तिमान ईश्वर का आशीर्वाद ग्रहण कर मानव-मन में शांति का संचार करते हैं। यदि देखें तो वैज्ञानिक तथा धर्मगुरु दोनों का कार्य एक ही है। दोनों ही मन एवं शरीर में मानवीय शांति की खोज करते हैं।

□□□

'अग्नि की उड़ान' राष्ट्रपति डॉ. ए.पी.जे. अज़्दुल कलाम के जीवन का खुला दस्तावेज है। अनेक मार्मिक प्रसंगों के अलावा डॉ. कलाम के जीवन में आए उतार-चढ़ावों, सफलता-असफलताओं, कार्य के प्रति अटूट निष्ठा एवं राष्ट्र के लिए कुछ कर दिखाने की प्रेरणा देना—उनके कितने सहज-स्वाभाविक गुण हैं। उनके व्यक्तित्व, उनकी प्रतिभा तथा जीवन के कितने ही रहस्य खोलती है उनकी आत्मकथा 'अग्नि की उड़ान'।

क्या भारत एक महाशक्ति बन सकता है ? इस प्रश्न के उज़र में राष्ट्रपति डॉ. कलाम ने महाशक्ति भारत के स्वरूप की जो रूपरेखा, योजनाओं का जो खाका प्रस्तुत किया है वह व्यावहारिक है। पिछले कुछ वर्षों में देश भर के पाँच लाख से अधिक छात्रों से भेंट कर उनसे 'महाशक्ति भारत' के स्वप्न को रचनात्मक कार्यों द्वारा साकार करने का आह्वान किया है और बताया है कि वे कौन से कारक हैं जिनसे भारत विश्व मानचित्र पर एक महाशक्ति के रूप में उभरकर सामने आने वाला है। विकसित भारत के स्वप्न को साकार करने की सकारात्मक दृष्टि देनेवाली अनुपम पुस्तक।

यह पुस्तक मानव जाति के इतिहास के विभिन्न पहलुओं को भी उजागर करती है कि किस प्रकार अलग-अलग कालखंड में महान् लोगों ने पृथ्वी की यात्रा की और मानव जाति को उपकृत किया।

अभी तक पाठकों को राष्ट्रपति डॉ. कलाम के वैज्ञानिक स्वरूप एवं प्रगतिशील चिंतन की ही जानकारी रही है, जो उनके महान् व्यक्तित्व का एक पक्ष रहा है। उनके व्यक्तित्व का दूसरा प्रबल पक्ष उनका आध्यात्मिक चिंतन है। प्रस्तुत पुस्तक में डॉ. कलाम की आध्यात्मिक चिंतन-प्रक्रिया का विस्तार से वर्णन है।

प्रश्नोज़र शैली में अत्यंत रोचक, प्रेरणाप्रद एवं पठनीय पुस्तक।

युवा पीढ़ी ही देश की पूँजी है। जब बच्चे बड़े हो रहे होते हैं तो उनके आदर्श उस काल के सफल व्यक्तित्व ही हो सकते हैं। माता-पिता और प्राथमिक कक्षाओं के अध्यापक आदर्श के रूप में महज़्वपूर्ण भूमिका निभा सकते हैं। बच्चे के बड़े होने पर राजनीति, विज्ञान, प्रौद्योगिकी और उद्योग जगत् से जुड़े योग्य तथा विशिष्ट नेता उनके आदर्श बन सकते हैं।

—इसी पुस्तक से

भारत के राष्ट्रपति महामहिम डॉ. ए.पी.जे. अज़्दुल कलाम ने आनेवाले वर्षों में भारत को एक महाशक्ति के रूप में स्थापित करने का स्वप्न देखा है; और इसे साकार करने की संभावना उन्हें भारत की युवा शक्ति में नजर आती है। हम बच्चों-युवाओं को प्रेरित कर उन्हें शक्ति-संपन्न भारत की नींव बना सकें, यही इस पुस्तक को लिखने का उद्देश्य है।

राष्ट्रपति महामहिम डॉ. ए.पी.जे. अज़्दुल कलाम का स्वप्न है कि वर्ष 2020 तक भारत एक विकसित राष्ट्र बने। प्रस्तुत पुस्तक में लेखकद्वय डॉ. कलाम व डॉ. शिवताणु पिल्लै ने इस स्वप्न को साकार करने की प्रक्रिया का बड़ी ही सूक्ष्मता और गहराई से विश्लेषण किया है। विकसित भारत के लक्ष्य को प्राप्त करने में छात्र, युवा, किसान, वैज्ञानिक, इंजीनियर, तकनीशियन, चिकित्सक, चिकित्सा कर्मी, शिक्षाविद्, उद्योगपति, सैन्य कर्मी, राजनेता, प्रशासक, अर्थशास्त्री, कलाकार और खिलाड़ियों की क्या-क्या भूमिका हो सकती है, इसके बारे में भी उन्होंने महज़्वपूर्ण सुझाव दिए हैं।

आज भारत के पास प्रक्षेपण यानों, मिसाइलों तथा वायुयानों के सिस्टम डिजाइन, तथा सिस्टम मैनेजमेंट की योग्यता और महज़्वपूर्ण प्रौद्योगिकियों के विकास की क्षमता है—इस पुस्तक में इन सभी पहलुओं पर विस्तृत प्रकाश डाला गया है।

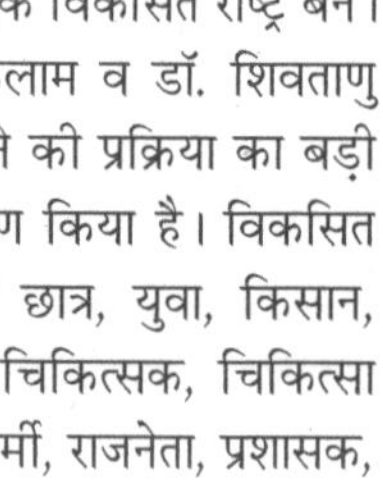

डॉ. कलाम क्या हैं, कौन हैं? वह सभी के प्रेम, सज़्मान तथा प्रशंसा के पात्र क्यों हैं? वे कौन सी बातें हैं, जो उन्हें लोकप्रिय बनाती हैं? कौन सी विशेषताएँ उन्हें दूसरों से भिन्न बनाती हैं? यह पुस्तक डॉ. कलाम के व्यक्तित्व तथा जीवन के अप्रकट पहलुओं पर प्रकाश डालती है और पाठक को उनके व्यक्तित्व के बारे में एक गहरी समझ विकसित करने में मदद करती है। इससे उनका बहुपक्षीय दूरद्रष्टा व्यक्तित्व हमारे सामने आता है, जो विज्ञान, प्रौद्योगिकी तथा राष्ट्र के विकास के अलावा संगीत, साहित्य एवं पर्यावरण में भी रुचि रखते हैं।

* 9 7 8 9 3 5 1 8 6 5 7 1 1 *

MAN - #0704 - 230726 - C0 - 216/140/7 - PB - 9789351865711 - Matt Lamination